"

시간에 대한 또다른 고찰

맹신

맹신

발행	2022년 09월 06일
저자	김형국(코끼리마빡)
펴낸이	한건희
펴낸곳	주식회사 부크크
출판사등록	2014. 07. 15(제2014-16호)
주소	서울특별시 금천구 가산디지털1로 119 A동 305호
전화	1670-8316
E-mail	info@bookk.co.kr
ISBN	979-11-372-9418-9

www.bookk.co.kr

"

시간에 대한 또다른 고찰

맹신

김형국 지음

I. 시간은 자연법칙 내에서 흐른다.

II. 시간은 우리를 속이고 있다.

III. 미래는 없다.

IV. 두 개의 시간

V. 시간으로 시간을 지배하라.

BOOKK✎

차례

프롤로그 시간에 대한 맹신   008

part 1   시간은 자연법칙 내에서 흐른다.

1. 힘(힘은 시간을 따른다)   011
    a. 바위와 시간   020
    b. 물과 시간   028
    c. 공기와 시간   034

2. 열역학(열은 시간을 따른다)   038
    a. 산화와 엔트로피   043
    b. 노화/쇠퇴   048

3. 벗어날 수 없는 엔트로피
  (엔트로피는 시간을 따른다)   051

part 2 시간은 우리를 속이고 있다.

1. 무한하다. 057

2. 같은 속도로 흐른다. 061

3. 같은 방향으로 흐른다. 064

4. 시간이 지나면 모든 것을 해결해 줄 것이다. 069

5. 오래되면 좋아질 것이다. 073

part 3 미래는 없다.

1. 꿈, 희망 080

2. 미래 082

3. 건강 084

part 4 두 개의 시간

1. 시간과 공간 092

2. 정신적 시간에는 미래가 있다. 096

3. 정신적 시간은 할 수 있다. 099

part 5   시간으로 시간을 지배하라.

1. 자연법칙 시간을 인정하라.   106

2. 정신적 시간을 인정하라.   109

3. 정신적 시간으로 자연법칙 시간을 지배하라.   112

에필로그   에필로그   118

자연법칙 시간은 당신의 어떠한 것도 해결하지 못한다.

다만, 정신적 시간을 지배하면 자연법칙 시간을 지배할 수 있다.

시간으로 시간을 지배할 때 삶을 사랑하며 죽기전에 미래에 도달할 수 있다.

< 프롤로그 >
시간에 대한 맹신

우리는 시간을 맹신한다. 그럴 수 밖에 없다. 시간을 맹신하지 않으면 자연법칙이 지배하는 세상을 살아갈 수 없다.

우리는 삶에서 시간을 제외하고 살수가 없다. 삶을 살아 간다라는 의미 가운데에는 벌써 시간을 사용한다는 의미가 있는 것이다.

우리가 살아가는 지구의 모든 물리현상은 우리가 어쩔 수 없이 믿어야 하고, 이러한 믿음은 맹신에 가까워야 한다. 그래야만 잘 살아갈 수 있다.

　달리는 자동차로 뛰어들지 않는 다는 것은 자동차가 나를 치면 (힘을 가하면) 심하게 다친다는 것을 안다. 비가와서 강하게 흐르는 강물에는 강물의 힘에 의해서 살아남기 어려움으로 이를 피해야 한다. 이러한 자연법칙 속의 힘은 시간에 의해서 지배받는다.

　자연법칙의 시간에는 미래가 없다. 내일도 없다. 내일에 다가가면 오늘이고, 현재이다. 내일을 만날 수 없으므로 우리는 미래를 만날 수 없다.

　우리 삶에는 두 개의 시간이 있다. 믿어야 하는 자연법칙 시간과 내가 정신적으로 조절이 가능한 정신적 시간이 있다. 이 두 시간을 잘 활용하여 우리는 앞으로 나아가야 한다.

　시간들은 우리를 속이고 지나가지만 시간으로 시간을 지배할 때 우리는 우리가 꿈꿔왔던 미래의 시간에 현재로 도달해 있을 것이다.

　시간으로 시간을 지배하라.

part 1

시간은 자연법칙 내에서 흐른다.

힘은 시간의 함수로 나타나고, 시간이 없으면 힘도 없다. 우리가
알고 있는 바위(고체), 물(유체), 공기(기체)는 시간에 의해서 힘이
작용된다.

세상모든 힘은 자연법칙 시간에 종속되어 있고, 시간은 자연법칙
을 지배하고 있다.

우리는 이를 맹신한다.

힘(power)

힘은 시간을 따라서 작용한다.

공과대학에 들어가면 반드시 배워야 하는 것이 있다. 바로 역학이다. 힘을 연구하는 학문이라는 것이다. 힘은 이 세상을 지배하는 절대적인 것이다. 권력과 같은 추상적인 힘을 말하는 것이 아니다. 물리적인 힘만을 이야기 해보자.

힘은 절대적인 것으로, 힘에 대해서 거슬리거나 거부할 수 없다. 힘은 잘 파악해서 이용하거나, 그렇게 작용할 것을 무조건 믿어야 한다. 그렇지 않으면 죽는다. 흐르는 강물을 내 힘으로 버틸 수 있을 것 같지만, 물의 힘은 대단하다. 아무리 힘이 좋은 장사라도 다른 도구없이는 쉽게 강물을 거스르거나 이길 수는 없다. 무리하게 강을 건너려고 할 때 죽을 수 있다.

중력은 대표적인 힘으로 지구가 나를 땅에 고정시키는 힘이다. 거대한 지구의 힘에 대항하여 우리는 다리를 옮기면서 이동하거나, 달릴 수 있다. 이것을 이겨보기 위해서 침대에서 일어나는 것이 무척 어려운가 보다. 물론 게으름도 크게 기여하지만 말이다. 부모님들에게 중력의 무거움을 설명하면서 자신이 침대에 있는 것은 물리적으로 합당한 것이다라고 설명한다면 아마 엄마로부터 등짝을 당할 우려가 있다.

내가 달에 있다면 내 몸무게는 달이 나를 당기는 힘이다. 달에 있다면 나는 고작 15킬로그램 정도 밖에 되지 않을 것이다. 지구가 당기는 힘의 결과인 몸무게는 절대적인 것이 아니다. 몸무게가 늘어간다고 고민하지 않기를 바란다. 다만 지구의 중력을 이기면서 몸을 움직여야 한다.

우리는 스마트폰을 떨어뜨렸을 때 무의식적으로 손이나 발을 아래쪽으로 위치한다. 손을 위쪽으로 위치하는 사람은 잘 돌봐줘

야 한다. '떨어뜨린다'라는 말도 아래로 떨어진다는 강한 믿음에서 하는 표현이다.

뉴턴은 사과가 땅에 떨어지는 것을 보고 '왜 사과는 땅으로 떨어질까?' 라는 생각을 했다고 한다. 만유인력의 법칙이다. 뉴턴 자신이 지구에서 걸어 다니고 있다는 사실에는 별로 궁금증이 없었나 보다. 움직이거나 고정된 곳 어디에나 힘이 있다.

어떻게 공기가 지구에 붙어 있는지, 어떻게 물이 바다에 붙어 있는지 이것 모두 중력에 의해서 붙어 있는 것인 데도 말이다. 우리는 이것을 당연한 것이라고 생각한다.

$$F = ma$$

뉴턴의 운동방정식

수식만보면 알르레기가 있는 사람들이 있다. 주입식 교육에서 특히 힘든 것이 수학이다. 우리나라는 수학을 너무 주입식으로 가르쳐서 재미가 없었다. 너무 힘들었다.

수식은 그냥 언어로 보아야 한다. 세계에서 모든 사람들이 수

식만 보면 그 뜻을 이해할 수 있다. 수학을 좀 하는 사람이라면 더 잘 이해할 수 있다. 이러한 수식으로 자신이 연구한 것을 증명할 수 있어야만 세계적으로 인정을 받을 수 있다. 수식은 세상과 소통하는 새로운 언어이다. 영어와 같이 공통언어이다. 이에 익숙해 보도록 하자.

중학교만 졸업하더라도 우리는 뉴턴의 운동방정식을 알게 된다. 학교를 다니면서 우리의 머리속은 언제나 뉴턴의 영향력 아래에 있게 된다.

힘(F)은 질량(m)과 가속도(a)로 정의하는 것인가? 아니다. 이 식은 정의를 하는 것이 아니라 크기의 비교를 나타낸 것이다. 힘은 작용하는, 작용되는 것에 따라서 작용하는 팩터(factor)와 크기가 각각 다르게 나타난다. 그 작용하는 방식에 따라서 이름도 중력, 양력, 마찰력, 부력, 탄성력 등 다양한 방식으로 불려지게 된다.

뉴턴의 운동방정식에서 힘의 크기의 중요한 요소는 질량과 가속도이다. 질량은 물체가 가지고 있는 고유의 양이라고 할 수 있는데, 무게와는 다르다. 무게는 힘인데 지구가 당기는 가속도가 곱해진 크기라 할 수 있다. 무게는 달라질 수 있지만, 질량은 달라질 수 없는 절대적인 양이다. 나의 몸무게가 100kg 정도 된다면

10kg정도가 질량인 것이다.(중력가속도 약 9.8m2/s). 10kg이 진정한 나의 양인 것이다. 무슨 의미가 있는 건지 모르겠다.

힘과 시간과의 관계

가속도는 시간의 함수이다.

가속도는 시간에 대한 속도의 변화량이라고 정의한다. 가속
도는 속도를 한번 미분하면 얻어지는 크기이고, 이동거리를 두번
미분하면 얻어지는 크기이다. 어렵게 배운 미분이라는 개념은 시
간을 분모로 하여 쪼갠다는 뜻이다. 다른 것으로 쪼갤 수도 있지
만, 자연법칙에서 힘을 연구할 때 중요하게 다뤄지는 미소분모는
시간이다.

미분이라는 것을 하기 위해서는 극한이 도입된다. 쉽게 말해
극단적으로 한계에 몰아 붙힌다는 것이다. 극한은 극단적으로 어
떤 특정값에 가깝게 다가가게 한다는 말이다. 일정변수를 무한이
0에 가깝게 보낼 때 다른 변수들의 변화값을 추적하는 것이다. 여
기서 기준이 되는 일정변수는 시간이다. 시간을 0에 무한히 가까
이 간다면 이것은 멈춰진 시간 또는 찰라라 할 수 있다.

$$
\begin{aligned}
v &= \frac{dh}{dt} \\
&= \lim_{\Delta t \to 0} \frac{\frac{1}{2}g(t + \Delta t)^2 - \frac{1}{2}gt^2}{\Delta t} \\
&= \lim_{\Delta t \to 0} \left(gt + \frac{1}{2}g\Delta t\right) \\
&= gt
\end{aligned}
$$

시간은 절대적이고 쉽게 예측할 수 있다. 실제적으로 시간에 따른 변화량의 크기를 예측하는 것은 물리현상을 연구하는데 매우 중요한 요소이다. 미분과 적분은 시간이 절대적이라는 것을 전제하고 논한다. 미분의 분모는 시간의 미소변화량을 이야기 한다. 만약 시간이 달라진다면 큰일이다. 계산하기가 무척 어려워진다. 아인슈타인은 빛의 속도는 일정하다고 정의해 버린다.

학문적 접근이 아니더라도, 어떠한 힘으로 은근히(천천히) 누르는 것과 어떠한 힘으로 갑자기 누르는 것은 그 크기가 달라질 수 있다는 것을 우리는 경험적으로 알 수 있다. 하중으로 나타낸다면 보통 하중과 충격하중이다. 그 크기의 차이는 2배 정도이다.

만약, 다리(bridge)가 무너지려고 하고 있다면 이를 통과하는 차량이 빠르게 이동해야 안전하게 건널 수 있는 것일까? 아니면 천천히 이동해야 안전하게 건널 수 있는 것일까? 아예 다리가 무게를 견뎌내지 못하는 것이 아니라면 천천히 이동하는 것이 더욱 안전하게 건널 수 있다. 차량이 빨리 이동할 경우에는 다리 입장에서는 충격이 가해지는 것과 같은 것이기 때문이다.

보통하중과 충격하중은 하중을 주는 시간과 관계된 것이다. 보통하중은 충격하중보다 훨씬 긴 시간 동안 작용하기 때문에 받치고 있는 다리로서는 천천히 주는 충격에 더 강하게 견딜 수 있다. 미분에서 이야기 한다면 천천히 이동한다는 것은 분모가 커지기 때문에 전체적으로 작용하는 힘이 작아 진다는 것이다.

더 쉽게 설명하면, 빠르게 달려오는 자동차와 멈춰있는 자동차가 충돌했을 때 멈춰있는 자동차가 더 많이 망가진다. 달려오는 자동차의 힘이 더 크다는 것이다. 달려오는 자동차에는 가속도, 속도가 개입하고 있고, 이는 시간에 대한 변화량으로 계산된다. 역시 시간이 역학의 자연법칙에 개입하고 있다.

힘을 연구하면서 시간은 언제나 중요한 요소(factor)가 된다. 시간의 길이나 간격이 계속 변한다면 연구하기 매우 어려워진다.

시간은 주의해야할 과정에서 간과되고 배제된다. 그냥 존재하는 것이다. 그냥 존재하고 정해져 버린다. 아주 미세한 시간들로 쪼개서 디지털방식으로 계산한다. 이것이 미분이다. 미세한 시간들로 쪼개진 직사각형의 크기를 합산하면 연속적인 시간의 흐름에 따른 크기변화를 예측할 수 있다. 이것이 적분이다. 이렇게 디지털로 계산하면 거의 대다수의 역학의 문제는 해결된다. 수치해석의 분야 이기도 하다.

컴퓨터의 발달로 수치계산이 무척 빨라졌다. 또 많은 양의 데이터를 한꺼번에 처리할 수 있다. 컴퓨터들은 이제 수치해석으로 아날로그로 분석하거나 해석한 것에 거의 근접하는 해를 내놓고 있다.

이러한 수치해석도 시간을 보다 작게 나눠서 주변에 있는 요소들과의 연관성을 해석하여 결론을 내는 것이므로, 컴퓨터가 하는 수치해석에서도 여전히 시간은 중요한 요소가 된다.

고체-액체-기체
바위와 시간

바위와 같이 단단한 물질을 우리는 고체라고 부른다. 고체는 각각의 분자들이 적당한 간격으로 연결된 분자들의 모임이다. 적당한 간격이라고는 이야기 하지만, 이 간격은 매우 좁아서 눈으로는 확인할 수 없고, 전혀 빈틈이 없어 보인다. 그러나, 실제적으로 물질이 아무리 단단하게 보여도 그 속의 대부분은 공간이라고 할 수 있다.

설악산 흔들바위

고체를 구성하고 있는 원자를 생각해보자. 원자는 핵과 전자로 구성되어 있다고 한다. 만약, 핵을 농구공 만하다고 가정할 경우에 전자는 2km밖에서 회전하고 있는 것과 같은 상태로 놓여있다. 핵과 전자 사이에는 아무것도 없다. 심지어 핵 안쪽에는 무엇이 있는가 했더니 그것도 중성자와 양성자 이외에는 없다. 그렇다면 비어있다는 것이 정답이다.

보어의 원자모형을 보면 이상하다고 생각된다. 회색 선들은 전자가 회전하는 길을 가상하여 나타낸 것이다. 회색선을 제외하면 아무것도 없다. 전자의 크기는 양성자나 중성자에 비하여 매우 현저히 작다. 거의 아무것도 없다는 것이다. 완전히 비어 있다.

우리는 실제적으로 바위를 만나면 너무나 단단하고, 깨뜨릴 수 없을 것 같은 느낌이 든다. 이는 분자간의 결합이 매우 단단하게 되어 있어서 그렇게 보일 뿐 실제로는 그저 공간일 뿐이다.

그럼, 공간 뿐인 고체를 우리는 어째서 만질 수 있을 까? 우리 가 만질 수 있는 이유는 전자의 회전에 의해서 발생하는 자기장 과 같은 어떤 장(field)에 의해서 서로 밀어내는 힘에 의해서 만질 수 있다. 실제는 빈 공간일 뿐이다.

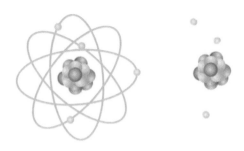

보어의 전자모형

좀 허무하게 까지 느끼는 미시세계이다. 아무 것도 없다. 생물 도 마찬가지이다. 미시세계로 들어가보면 실제로 아무것도 없다. 어떻게 이렇게 교묘하게 아무것도 없을까? 이건 모든 과학자들이 놀라는 사실이다.

비행기는 고체이다. 비행기가 어떻게 비행하는지는 정확하게

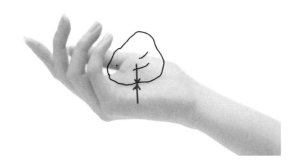

몰라도 어떤 물체가 공중에 떠있다는 것은 어떤 힘들의 균형에 의한 것인지 정도는 쉽게 예측할 수 있다. 우리가 작은 돌을 들고 있다고 생각해보자. 손은 돌을 받치고 있을 것이고, 돌은 중력에 의해서 무게로 손을 누를 것이다. 손에 힘을 더 주어 올려보면 돌은 올라가고, 돌이 무거우면 손은 아래로 내려간다. 견딜 수 있는 무게만 들 수 있다.

비행기도 마찬가지다. 비행기를 상부로 끌어올리는 힘(양력)과 하부로 내리는 힘(중력)이 동일하면 떠있을 것이다. 그렇다면 양력을 만들어야 하는데, 새들은 날개 짓을 하여 양력을 만들고, 비행기는 날개와 속도로 양력을 만든다.

날개는 단면을 잘라서 생각해 보면, 날개단면은 전방상부가 볼록한 형태이고, 후방끝단은 뾰족하게 되어 있다. 하부는 거의 일직선을 되어 있고, 앞단은 상부와 만나서 볼록하게 형성된다.

공기가 시간을 따라서 날개로 다가올 때 공기는 앞단을 만나서 상부와 하부로 갈라진다. 갈라진 공기는 날개의 상부와 하부로 나눠진 채로 표면을 따라 이동한다. 결국 끝단에서 만나면서 빠져나간다(cutta condition). 이렇게 상부공기와 하부공기가 이동하다가 끝에서 동일한 시간에 만난다.

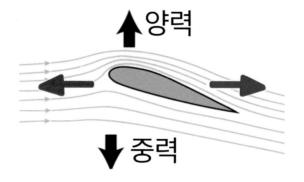

비행기 날개 단면(airfoil)

상부공기가 이동하는 거리는 하부공기가 이동하는 거리보다 훨씬 긴데 같은 시간에 만나야 한다. 그렇다면 상부공기는 하부공기보다 빠르게 이동해야 만날 수 있다. 상부의 공기가 빠르게 빠져나가게 되면 공기가 빨리 없어지고(압력이 떨어지게 되고-저기압), 하부의 공기가 느리게 빠져나간다면 상대적으로 공기가 많아지게(압력이 높아지게-고기압) 된다.

일기예보에서 늘 듣던 고기압, 저기압 이야기이다. 공기는 고기압에서 저기압을 흐른다. 공기가 많은 곳에서 적은 곳으로 흐른다. 흐른다는 것은 힘이 있다는 것이고 이것이 아래에서 위로 밀어올리는 양력이 된다.

너무 어렵게 생각하지 말고 날개 밑에는 공기가 많고, 위에는 공기가 적다라고 생각하면 된다. 공기는 뒤에서 이야기 하겠지만 기체이고, 기체는 밀어내는 힘의 방향이 동일하기 때문에 고기압에서 저기압으로 기체가 이동하면서 밀어올린다. 즉, 날개의 상부는 저기압, 하부는 고기압이 되어 양력이 발생한다.

잘 이해가 되지 않더라도 날개의 상부 쪽으로 밀어올리는 양력이 전방으로 나가면서 발생한다는 것을 알 수 있다. 꼭 전방으로 나아가지 않고 회전해도 양력이 발생한다. 이는 헬리콥터와 같은 회전익의 원리인 것이다.

그럼 날아가는 비행기에 미치는 힘은 전방으로는 추력, 상부로는 양력, 하부로는 중력, 후방으로는 항력이 균형을 이루고, 추력이 항력보다 클때 전방으로 전진하면서 날아갈 수 있는 것이다. 4개의 힘이 균형을 이루면서 이리저리 움직이는 것이다.

비행기의 힘의 균형

여기에서 추력이 가장 중요한데, 추력은 엔진이 내는 힘을 이용하여 가속시키는 것이다. 즉, 비행기는 추력이 있어야 속도를 얻고 동시에 양력도 얻는 것이다. 비행기는 시간이 있어야 날 수 있다.

힘은 시간에 의해서 좌우된다. 시간은 이러한 고체들의 움직임, 운동 또는 작용등의 주요원인으로 작용하고 있다. 비행기가 날아갈 수 있는 것은 속도가 있는 것이고, 모두 시간이 하는 것이다.

시간이 없이는 비행기 역시 날아갈 수 없다. 시간이 절대적으로 지나가야만 날아갈 수 있는 것이다. 고체가 시간에 의해서 움직일 때 힘이 생기고 우리는 이러한 힘의 지배아래 살고 있다. 고체의 움직임은 시간이 지배하고 있는 것이다. 이것을 우리는 믿는다. 믿을 수 밖에 없다.

물과 시간

물과 같이 분자간의 간격이 비교적 넓은 것을 유체라고 한다. 비교적 넓기 때문에 유연하지만, 그렇다고 완전히 끊어지지 않아서 일정한 간격을 유지하고 있다. 댐에 갇혀 있는 물은 하부에 가장 큰 힘이 가해지고, 상부에 힘이 적게 가해진다. 물 속으로 들어가면 들어갈 수록 큰 힘(압력)을 받는다. 압력은 힘과 같은 것이다. 힘은 압력이 받는 면적을 곱한 크기와 같다.

압력의 모임이 힘이다. 물의 압력을 수압이라고 한다. 수압은 우리가 물속에서 10m만 내려가면 우리가 지표면에서 받고 있는 압력에 2배로 누른다. 즉, 10m 높이의 물이 1 대기압인 것이다. 나중에 기체에 대해서 이야기 하겠지만, 물 역시 바위와 같이 무게가 있다.

물에 대한 연구는 매우 많이 진행되었다. 물은 흐를 수 있기 때문에 물이 흐르는 현상이 많은 물리적 현상을 만든다. 흐른다는 말에서 시간과 비슷하다는 것을 알 수 있다. 물이 흐른다는 것은 시간이 흐른다는 것이다. 시간이 흐르지 않으면 물도 흐르지 않는다.

유체의 움직임 또는 힘을 표현하는 식은 단 하나로 정의 및 유도된다. 이는 완벽하게 수식으로 만들어졌다. 프랑스 물리학자 클로드 루이 나비에와 영국의 수학자 조지 스토크스가 정립한 나비에-스토크스 방정식이다. 나비에-스토크스 방정식은 유체에 대한 뉴턴의 운동법칙 제2법칙을 유체역학에서 사용하기 쉽도록 한 일반식이다. 그런데 이식은 풀기가 너무 어렵다. 너무 어려워서 밀레니엄 문제중에 하나이다. 밀레니엄 문제를 푸는 사람은 100만 달러를 받을 수 있다

$$\rho(\frac{\partial v}{\partial t} + v \cdot \nabla v) = -\nabla p + \nabla \cdot T + f$$

나비에-스토크스 방정식

어려워도 너무 어렵다. 그래도 너무 재미 있다. 유체역학을 전공한 필자도 이 방정식을 토대로 연구하기란 어려웠다. 석사과정 때의 일이다. 논문을 쓰기 위해서 나비에-스토크스 방정식에서 유도되어 얻은 특별한 수식을 풀기 위해서 한달반 동안 문제를 푼 적이 있다. 노트에 아직 남아 있다.

2017년 영화 '어메이징 메리'에서 메리는 수학천재로 나온다. 수학천재인 메리의 엄마가 자살하기 전에 할머니인 에블린이 죽은 후에 발표해 달라면서 '나비에-스토크스방정식에 대한 완벽한 풀이'를 정리한 논문을 오빠인 프랭크에게 맡긴다. 결국 에블린이 메리를 데려가려고 하자 프랭크가 동생의 나비에-스토크스방정식을 풀이한 논문을 주면서 메리를 데려온다는 내용이다. 만약, 이 문제가 완벽하게 풀린다면 오늘날 많은 유체역학적 문제가 풀릴것이다. 빨리 해답이 나왔으면 한다.

나비에-스토크스방정식이 발표되기 이전에는 스위스의 수학

자인 다니엘 베르누이는 유체해석을 하기 위한 수식인 베르누이
방정식을 1738년에 만들었다. 베르누이 방정식은 지구상에서 댐
이나 파이프 등의 유체흐름에 관한 대부분의 문제를 해결할 수
있다. 이러한 베르누이방정식은 건축분야에 많이 사용되고 있다.

$$p + \frac{1}{2}\rho V^2 + \rho g z = const$$

베르누이방정식

유체역학을 해석할 수 있는 도구인 두 개의 방정식에서 우리
는 공통점을 발견할 수 있다. 모두 속도를 나타내는 velocity의 첫
글자인 대문자 V가 존재한다는 것이다. 힘에서 설명했듯이 속도
는 이동거리에 대한 시간의 미분이다. 유체역학의 모든 부분에는
시간에 대한 거리의 미분인 속도가 관여한다.

$$V = \frac{ds}{dt}$$

물, 유체의 흐름이나 힘에는 항상 시간이 관여하고 있다. 베르누이 방정식은 유체가 존재하는 어떠한 위치에서도 압력(중력)의 영향, 속도의 영향, 위치(중력)의 영향이 서로 변하면서 그 합이 일정하다라는 것이다. 속도의 영향은 시간의 영향으로 유체의 흐름은 시간이 만들어 내는 것이다.

흐르는 것에는 힘이 있다. 유체가 흐를 때에는 강한 힘이 있다. 이러한 물의흐름을 이용한 발전은 파도의 흐름을 이용한 파력발전, 조수간만의 유체의 흐름을 이용한 조력발전, 댐에 저장되어 방출되는 유체의 흐름을 이용한 수력발전 등이 있다. 흐른다는 것은 역시 시간의 함수일 수 밖에 없고, 우리가 이를 이용하는 것도 시간에 기인한다.

파력발전기

우리는 유체에 대해서 작용하는 자연법칙 시간을 믿어야 한다. 물은 흐른다. 이는 시간이 흘러가는 것과 동일하고, 흘러간 시간은 유체와 같이 다시 돌아오지 않는 다는 것이다.

유체와 시간의 차이점을 생각해보면, 유체는 눈에 보이지만, 시간은 눈에 보이지 않는다. 그렇다고 시간이 없다라고 말하는 사람은 없다. 우리는 시간을 언제나 있다고 믿는다. 유체에 시간이 더해지면 힘이 생긴다. 유체가 시간에 의해서 움직일 때 힘이 생기고 우리는 이러한 힘의 지배아래 살고 있다. 유체의 흐름도 시간이 지배하고 있는 것이다. 우리는 이것을 믿는다. 믿을 수 밖에 없다.

공기와 시간

　공기와 같이 분자간의 간격이 너무 넓어져서 마치 아무런 관계가 없는 것 같이 독립적으로 흩어져 있는 것을 기체라고 한다. 우리는 매번 숨을 쉬면서 공기중에 24% 밖에 포함되지 않는 산소를 이용하여 살아간다. 공기에는 산소와 질소 이외에 다양한 분자들이 존재한다. 그런데 놀랍게도 공기중에는 물도 많이 존재한다는 것이다. 수증기 상태의 물을 말하는 것으로, 이는 유체이지만 기체에 속하는 상태로 존재한다. 이렇게 수증기 상태의 물이 계속 모여서 비가 되어 땅에 떨어지는 것이다.

　성경에는 궁창위에 물과 궁창아래의 물로 나뉘었다고 적혀있는데, 궁창이라는 것을 하늘이라고 해석한다면 궁창 아래의 물은 바다, 호수 등의 물이라면 궁창위의 물은 기체상태의 물을 이야기 하는 것이라는 사람도 있다.

물을 이야기 할 때까지만 해도 눈에 보이니 쉽게 이해되지만, 공기는 눈에 보이지 않아서 쉽게 이해되지 않을 수도 있다.

고체를 중심으로 이야기한 비행기로 기체를 생각해보자. 비행기를 날 수 있도록 하기 위해서 양력을 만들어야 한다. 비행기가 공기 중을 날아야 한다.

라이트형제가 비행기를 만들 때 108번의 실험을 거치고, 1903년 12월17일 노스캐롤라이나 키티 호크에서 첫 동력비행에 성공한다.

$$L = \frac{1}{2}\rho V^2 C_L S$$

양력 방정식

날개에서 발생하는 양력은 양력방정식으로 나타난다. 양력이 발생하기 위해서는 속도 V라는 요소가 있다는 것을 알 수 있다.

속도가 필요하다.

날개 주위를 흐르는 기체는 가만히 있을 때에는 아무런 변화가 없지만, 시간이 변화에 따라 이동하는 거리가 달라지면서 힘이 발생하게 되고, 날개 스팬(Span)에 걸쳐서 양력이 발생하게 된다.

가만히 있던 고체가 시간이 지나면서 이동하면 기체에 의해서 양력이 발생하여 비행할 수 있게 되는 것이다.

이때 시간은 얼마나 중요한가? 시간이 없으면 흐름이 발생하지 않고, 흐름이 발생하지 않으면 양력과 같은 기타 어떠한 힘도 발생하지 않는다.

우리는 비행기를 탈 때 시간이 흐르지 않을 것을 걱정하지 않는다. 시간이 흐르지 않으면 비행기가 날 수 없다라고도 생각하지 않는다. 다만 시간은 무조건 흐르므로 비행기는 날 수 있다 라고 생각한다. 기체의 흐름도 시간이 지배하고 있는 것이다. 우리는 이것을 믿는다. 믿을 수 밖에 없다.

우리가 경험적, 실험적으로 알게 되는 힘은 과학이라는 이름 아래 무작정 믿는다. 그 믿음 안에는 역시 시간을 절대적으로 믿는 믿음이 포함되어 있는 것이다.

열과 시간은 자연법칙 내에서 흐른다.

열은 온도의 함수로 나타나고 시간이 없으면 열은 이동하지
못하고, 일을 할 수 없다.
열은 에너지이다. 시간이 지남에 따라서 이동한다.

세상 모든 열은 자연법칙의 시간에 종속되어 있고, 시간은 자연
법칙을 지배하고 있다.

우리는 이를 맹신한다.

열역학

열역학은 열이 발휘하는 힘을 연구하는 학문이다. 열은 고체, 액체 또는 기체는 아니다. 고체, 액체 및 기체들로부터 발생하는 힘을 연구하는 역학에서는 시간이 매우 중요한 요소였다. 우리는 이러한 힘의 발생에 가장 기여하는 것이 시간이라는 것을 살펴보았다.

열에서 가장 중요한 요소(factor)는 온도이다. 온도는 열의 정도를 나타내는 요소이다. 열은 온도의 차이가 있을 때 평형이 되도록 이동하는데, 이러한 이동으로 평형을 이루기 위해서 시간이 필요하다.

열은 에너지이다. 태양이 있으므로 우리는 열의 혜택을 얼마나 많이 보고 있는가? 태양이 잠시라도 열을 보내주지 않는다면 순식간에 지구는 영하 170 도 이하의 온도로 급하강하게 된다.

인공위성

인공위성의 몸체 표면에는 히트파이프가 형성되어 있다. 태양을 바라보는 쪽이 열을 받으면 바라보지 않은 쪽으로 히트파이프를 통해서 열을 내보낸다. 이렇게 하면 인공위성의 내부의 온도가 일정하게 유지되어 작동할 수 있다.

열을 본 사람이 있는가? 어떤 사람을 열이라고 하면 불타는 것이라고 생각하여 벽난로에서 불이 타는 것을 보았으니 이것으로 열을 볼수 있다라고 말한다. 열은 시간을 볼 수 없는 것 같이 볼 수 없다. 고에너지에서 저에너지로 흐르는 지극히 자연스러운 에너지이다.

모닥불은 열을 내지만 열은 아니다

볼수는 없지만 우리는 열이 있다고 믿는다. 믿을 수 밖에 없다. 난로에 너무 가까이 갈 경우에는 데일 수 있을 정도로 열을 느껴서 멀리가게 된다. 더운 여름에는 태양이 뜨거운 열을 내리쬐어 그늘로 피하거나 모자를 쓴다.

열원에서 열은 전달된다. 가장 큰 열원은 역시 태양이다. 열이 전달되는 방식은 대류, 전도, 복사라는 세가지 방식이 있다. 대류는 공기와 같은 기체의 매질을 통해서 열이 전달되는 것이고, 전도는 고체와 같은 매질을 통해서 열이 전달되는 것이다. 복사는 아무 매질을 통하지 않고 전달되는 방식이다.

대기현상이 일예인데, 태양이 가져다 주는 열이 대기에 의해서 대류가 발생하고, 이러한 대류가 기상현상들을 만들어 지구의 물이 순환하면서 지구 전체의 생명들이 유지된다. 복사로 내려오는 열에 의해서 아스팔트가 녹는다.

열을 이야기 하면 온도에 관한 이야기를 하지 않을 수 없다. 열은 온도가 높은 곳에서 낮은 곳으로 흐른다. 온도가 높은 곳에서 낮은 곳으로 흐른다는 것은 뜨거운 물을 가만히 두면 대기의 온도와 같아지게 되는데 주로 뜨겁다는 것은 주위의 온도보다 높은 것이므로 열이 이동하여 평형을 이루어 온도가 낮아지게 된다.

마치 열도 유체나 기체와 같이 흐른다. 전달은 흐름을 이야기 하는 것으로, 시간에 따라서 평형을 이루려고 한다. 에너지가 높은 곳에서 낮아지는 곳으로, 열이 포함하고 있는 온도가 높은 곳에서 낮은 곳으로 흘러가게 된다. 이것은 누구나 아는 사실이다. 아니 경험적으로 당연히 알고 믿고 있다.

열이 전달 될 때 시간이 개입된다. 온도의 평형이 이루어지기 위해서는 시간이 필요하다. 열도 시간에 의해서 움직인다. 열의 흐름/전달도 시간이 지배하고 있는 것이다. 우리는 이것을 믿는다. 믿을 수 밖에 없다.

산화와 엔트로피

열역학 제2법칙을 모르는 사람과는 인생을 논하지 마라. 창조과학으로 유명하신 김명현 교수의 말이다. 열역학은 우리 인생에서 매우 중요한 의미를 가진다는 의미이다.

열역학은 4개의 법칙이 존재하는데 이 법칙들은 지구상에는 절대적일 뿐만 아니라 우주에서도 적용 가능하다. 에너지 법칙인데 제0법칙부터 제3법칙까지 존재하다.

열역학 제0법칙은 평형법칙이라고도 하고, 어떤 계와 어떤 계가 평형을 이루었다고 하는 것은 열평형상태에 있다라고 하는 법

칙이다. (계는 지구라고 말할 수도 있다)

열역학 제1법칙은 엔탈피법칙이라고도 하고, 고립된 계의 에너지는 일정하다라는 것이다. 에너지 보존법칙을 뜻하는 것이고, 1종영구기관이 불가능함을 밝히게 된다.

열역학 제2법칙은 엔트로피법칙이라고 하는데, 어떤 고립된 계에서 엔트로피가 열적 평형상태에 있지 않다면 엔트로피는 계속 증가한다는 법칙이고, 2종영구기관이 불가능함을 밝히게 된다.

열역학 제3법칙은 온도가 0에 접근하면 엔트로피가 일정한 값을 가진다는 법칙이다. 너무 어렵게 설명하지 않기 위해서 좀 더 자세한 설명은 생략하도록 한다. 고전 열역학 법칙 만으로도 책 한 권은 쓸 수 있다.

열역학 법칙 중에서 주목해야 봐야할 법칙은 열역학 제2법칙인 엔트로피 법칙이다. 엔트로피란 세상모든 계를 가만히 놔두면 무질서도가 증가하여 열적평형을 이룬다라는 것이다.

간단하게 설명하면 뜨거운 물은 가만히 놔두면 차가워진다. 깨끗한 집을 가만히 놔두면 먼지가 쌓인다. 오래된 물건은 낡아진다. 가만히 놔둔다는 것은 시간이 흐른다는 것이다. 시간이 흐르면 엔트로피는 증가하게된다. 제3법칙과 같이 절대온도가 O도가 되지 않는 한 무질서도는 계속하여 증가한다.

미시세계로 들어가보면, 분자는 원자와 원자가 결합되는 결합으로 서로 각각 진동하면서 정전기력으로 결합된다. 시간이 흘러가면 이 진동이 안정화되기 시작하고 그 결합이 깨져서 분리된다. 이것이 먼지이다.

뜨거운 물은 시간이 지나면 차가워진다.

엔트로피법칙은 시간의 법칙이다. 시간이 지나면 가만히 놔둔 모든 물질은 무질서도가 증가한다. 시간이 지나면서 질서가 부여되거나, 더 나아지지 않는다.

시간이 지나면서 더 나아진다는 것은 다시 결합되는 것을 말하는 것인데, 이렇게 다시 결합하려면 다른 에너지가 필요하다. 그런데 시간은 열과 같이 에너지가 아니기 때문에 어떠한 일을 할 수 없다. 무심히 흐르기만 할 뿐이고 안정화시키고 무질서도를 높이는데에만 관심이 있다

원자력 발전은 핵분열을 이용하여 발전하는 것이다. 우라늄은 자연스럽게 분열한다. 분열을 하면서 열을 낸다. 태양은 핵융합을 한다. 핵융합을 하기 위해서는 엄청나게 큰 열(에너지)가 필요하다.

수소폭탄은 이러한 것을 이용한 것인데, 주변에 있는 우라늄이 핵분열로 핵폭발을 일으킬 때 발생하는 뜨거운 열이 내부에 있는 우라늄을 핵융합시키면서 강하게 에너지가 분출되어 폭발하는 것이다. 핵을 융합하는데에는 핵폭발 만큼 많은 에너지가 필요하다.

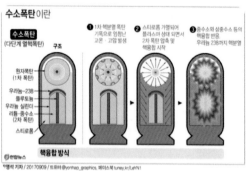

그대로 놓아 둔 어떠한 것이 핵융합처럼 다시 결합되지 않는다. 엔트로피법칙에 의해서 자연스럽게 분해될 뿐이다.

절대온도의 상태에 있지 않는한 - 제3법칙에 포함되지 않는한 - 엔트로피법칙은 언제나 무질서도가 증가하는 방향으로 세상의 모든 것은 나빠지는 방향으로 진행된다. 우리가 늙어가는 것과 같이 말이다.

열역학 법칙은 열에 대한 자연법칙이다. 자연법칙은 시간이 흐름에 따라서 점점더 안정화되어 가기를 원하고 있다. 안정화되어 간다는 것은 원자화 되도록 하는 것이고, 원자화 되는 것은 분해되어 없어지는 것이다.

보어의 원자모형과 같이 우리 몸 뿐만 아니라 세상 모든 것이 이러한 원자들이 결합된 분자들의 결합으로 이루어져 있고, 이러한 결합들은 열역학 제2법칙에 의해서 시간이 흐름에 따라 분리, 분해되어 망가지게 된다.

산화/노화

우리의 몸은 태양에서 오는 열과 전자파 및 먹는 음식물에 의해서 끊임없이 산화되고 있다. 위에서 설명한 역학들은 무생물에만 한정되는 법칙들이 아니다. 생물도 딱딱한 고체(뼈 등)가 있고, 흐르는 유체(피, 림프액 등)가 있으며, 들락날락하는 기체(허파를 통한 호흡 등)가 있다. 여기에도 여전히 예외없이 역학이 적용된다.

열도 우리에게는 매우 많은 영향을 미친다. 열역학 제2법칙도 역시 우리의 몸에 그대로 적용된다. 산화된다는 것이다. 시간이 지나면서 몸속의 모든 것은 무질서도가 증가하게 되고, 어떻게든 평형이 이루어지도록 끊임없이 산화하면서 무질서도가 증가된다.

무질서도는 시간에 대한 함수이다. 시간이 무심히 흐를 때 우리는 산화되어 가고 노화되어 간다. 태어나면서 우리는 계속하여 죽음을 향해 달려간다. 산화는 대표적인 노화의 원인이다. 산화는 산소와 결합하는 화학반응을 말한다. 산화에는 시간이 필요하다.

산화는 산소에 노출되는 시간, 에너지를 사용하는 시간에 따라서 서서히 진행한다. 무질서도의 증가와 같이 산화는 유기체에서 치명적이다.

최근 유행하고 있는 안티에이징은 더운 여름날 에어컨을 켜는 것과 같다. 에어컨이 자연상태의 가상 영구기관인 카르노기관의 사이클인 카르노사이클을 억지로 에너지를 부여하여 역카르노사이클을 만들어서 차가운 공기를 만들어 낸다.

안티에이징을 위해서는 끊임없이 돈이 들어가고 노력과 시간이 소요된다. 그렇지만 에어컨에 전기가 중단되면 자연법칙으로 돌아가 차가워진 공기가 더워지는(주변공기와 평형을 이루는) 것 같이 에이징은 다시 진행된다.

노화는 시간의 산물이다. 자연
스러운 것이다. '벤지민 버튼의 시
간은 거꾸로 간다'라는 영화가 있
다. 재미있는 이야기 이지만, 자연
법칙에서는 절대로 있을 수없는
일이다.

빨리 늙는 병인 베르너 증후군
은 말 그대로 상염색체가 빠르게
열성변화되어 노화되는 조로증이
다. 자연법칙을 너무 잘 따르는 병이다. 다만, 시간에 있어서 일반
인과 차이가 있을 뿐이다.

자연법칙의 역학과 열역학에 의해서 인간의 몸은 산화되고 노
화되어 간다. 이것은 자연법칙에서 흐르는 시간이 노화를 지배하
고 있는 것이다. 우리는 이것을 믿는다. 믿을 수 밖에 없다.

벗어날 수 없는 엔트로피
시간은 진화를 만들어 낼 수 없다.

역학, 열역학에 대해서 이야기 해보았다. 우리 인간은 여러가지 실험(사고실험 포함)과 연구를 통해서 이러한 자연법칙을 연구해왔고, 어떻게 작용하고, 무엇으로 이루어진 것인지를 알아내었다. 이를 법칙으로 만들었다. 법칙은 변화되지 않는다. 일반적으로 연구에서는 설(논)과 법칙으로 그 결과를 나누어서 설명한다. 단 하나의 예외가 있더라도 법칙은 깨진다.

예를 들어서 질량보존의 법칙은 절대로 깨어지지 않는 법칙으로 받아들여 졌다가 양자학에서 질량이 소멸되는 것을 확인하여 이제는 더이상의 질량보존법칙은 법칙으로 존재하지않는다. 변형된 에너지 보존법칙으로 변경하였다.

그런데, 우리는 이러한 법칙을 몰라도 잘 살아간다. 세상모든 것이 자연스럽게 자연법칙을 따른다는 일반적인 상식을 믿고 거기에 적응해 가면서 살아가고 있다.

세상의 모든 물질이 절대온도에 이르지 못하면 열적불균형이 계속되고 이러한 열적불균형속에서는 무질서도가 증가하는 방향으로 평형을 이루고자 하는 엔트로피법칙이 적용된다. 이는 아직까지 한번도. 예외를 발견하지 못한 절대적인 법칙이다. 즉 세상 모든 만물(유기체 포함) 시간이 지나면 나빠지는 방향으로 변화해 간다는 것이다.

이러한 열역학을 잘알고 있는 과학자들은 열역학 제2법칙을 자연법칙이라고 인정하면서도 이에 역행하는 이상한 설을 정설 또는 법칙으로 맹신하고 있다.

진화론을 말하는 것인데, 찰스 다윈의 진화론을 필두로 리처드 도킨스에 이르기까지 많은 생물학자들이 시간이 지나면 훨씬 나아지는 개체가 발생하고 이러한 개체들은 현재에도 계속하여 진화하고 있다는 이야기를 주장하고 있다.

리처드 도킨스는 '이기적 유전자'에서 '작은 행운이 쌓이고 쌓이면 진화가 되다'라고 주장한다.

그러나, 엔트로피의 법칙에 따르면 자연물에서 발생하는 작은 행운들은 계속하여 무질서도가 높아지는 쪽으로 증가하기 때문에 오히려 불운들이 되고 이는 파괴에 이른다고 말해야지 자연법칙에 맞는 말이다.

1953년에 밀러-유리 실험에서 수소, 메탄, 암모니아, 수소를 물을 포함한 밀봉된 플라스크에 넣고, 전기를 가하여 유기질인 아미노산을 합성한 적이 있다. 이런 것이 도킨스가 말하는 원시대기의 작은 행운이라고 한다면 이 역시 엔트로피 법칙을 따라야 할 것이다.

만약, 다시 작은 행운이 있더라도 다음세대로 연결되지 않는다. 원시대기라는 것조차 어떠했는지 알 수 없지만, 원시대기가 밀러-유리 실험장치의 내부와 같은 상태가 있다고 치자. 그래서 아미노산 같은 것이 만들어졌다고 해보자.

위에서 살펴본 엔트로피법칙에 의해서 만들어진 아미노산은 어떻게 되겠는가? 당연히 분해되어 당대에 사라질 수 밖에 없지 않았겠는가? 엔트로피 법칙에 의해서 안정화되고, 분해되어 당대에서 사라진다. 후대에 영향을 미치지 못하는 것이다.

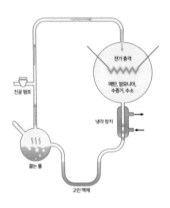

유리-밀러 실험

더군다나 아미노산끼리 붙어서 고등생물까지 될 수 있다는 자연법칙 특히 열역학 제2법칙을 무시하는 터무니 없는 말을 한다는 것은 시간에 대한 모독이다.

유전이라는 자연의 현상을 왜 자연법칙에 어긋나게 설명하는지 이해할 수가 없다. 시간은 결코 행운을 주지 않고, 행운이 있더라도 후대로 전달되지 않는다.

완성체로 형성된 DNA가 변형이 된다면-돌연변이가 된다면 무질서도가 높아지면서 더 나빠지는 쪽으로 변형될 수 밖에 없다.

시간은 진화를 만들어 내지 못한다. 만약, 진화론 처럼 시간이 흐르면서 엔트로피가 감소하는 것을 발견하거나 이를 증명한다면 열역학 2법칙은 더이상 법칙이 아니다.

아인슈타인의 상대성이론도 법칙이 되지 못하고 이론으로 존재하는데, 자연법칙을 어기는 진화론이 진화법칙이 되는 것은 어의가 없는 일이다.

시간은 진화를 만들어 내지 못한다. 무질서와 파괴만 만들어 낼뿐이다.

part 2

시간은 우리를 속이고 있다.

자연법칙의 역학, 열역학에서는 시간이
주요 요소이다.
이러한 시간은 우리를 파괴하고 망가뜨리는
방향으로 흘러가고 있다.

이 와중에 우리는 시간을 무조건 맹신한다.
시간은 우리를 속이고 있다.

우리는 이를 맹신하지 말아야 한다.

무한하다.

시간이 무한한가? 진화론에서는 지구의 나이가 46억년 정도 된다고 한다. 46억년이라는 세월은 상상도 못하는 시간이다. 방사성동위원소의 붕괴에 따른 반감기로 부터 이러한 계산이 나왔다고 한다.

시카고 대학의 윌러드 리비는 1949년에 탄소 동위원소의 반감기를 확인하고, 이를 이용한 연대측정방법을 제시하여 노벨화학상을 받은 바 있다. 탄소동위원소의 반감기는 5730년이다.

이러한 반감기를 경험해 본 사람은 아무도 없다. 우리에게는 너무나 긴 시간이다. 중간에 어떠한 변수가 있었는지 전혀 알지 못한다. 유물이나 유적으로 드러난 사실들에 따르면 인류의 역사를 알 수 있는 것은 고작 3000년에서 4000년 전에 있었던 사실들이 가장 오랜된 것이다. 우리는 이렇게 모르는 시간에 대해서 막연한 신비감이 있다.

모아이 석상(출처 : 기가진)

시간이 무한하다라는 생각에서 과학자들은 생각을 시작한다. 무한한 시간이라면 수십억년, 수백억년이라는 개념을 우리에게

가져올 수 있다.

그런데 이 시간은 아인슈타인의 상대성이론에서 생각이 바뀐다. 아인슈타인은 다양한 중력들에 의해서 공간이 변화되고 시간의 길이가 변화된다고 한다. 만약, 우리가46억년이라고 말하는 어느 시점에서 지구보다 중력이 강한 혜성이 지나가면서 시간의 흐름을 천천히 바꾸어 버렸다면 우리가 계산한 46억년은 의미 자체가 없어진다.

시간은 유한하다. 오히려 하루를 살아갈 때 '왜이렇게 짧을까'라고 생각한다. 시간의 길이는 언제나 같고, 시간이 무한하다면 이 표현은 많이 틀린 표현이다.

시간은 흘러갈 뿐 앞으로 계속 흘러가면서 우리에게 있을 것은 담보하지 못하다. 정지한 시간이 없을 것이라는 것도 담보하지 못한다. 과학자들은 이미 정지된 시간 개념을 사용하고 있다. 극한의 개념에서 시간 간격을 무한대로 영에 수렴하도록 하면 시간이 정지하는 것같은 찰라가 나온다. 시간의 정지를 의미하는 것이다.

시간의 길이나 속도가 변화하고, 정지할 수도 있다면 없어지기도 할 수 있다. 빛도 없는 지하 감옥에서 갇혀 있던 죄수들은 시간을 잃어 버린다. 과거에 살았던 사람들은 시간을 모르고 살았다. 나이 조차도 계산하지 않고 살았다.

시간의 유한성은 생물에게는 더욱 가혹하다. 태어난 후로 시간의 흐름에 따라 산화로 인해서 죽음으로 달려간다. 죽음으로 달려가는 시간은 누구에게나 동일하지 않다. 그리고 사후세계를 배제하면 시간은 죽음으로 해당 생물에게는 멈춘다. 시간은 유한하다. 우리는 이를 무한한 것으로 만들기 위해서 사후세계를 갈망하고 있는지 모른다.

시간이 수십억년,수백억년 하는 것은 거짓말이다. 시간이 그렇게나 길게 존재했는지는 아무도 모른다.

시간은 우리에게 늘 속삭인다. 내일이 있는데 꼭 오늘 해야 해?, 앞으로 할 날 많아. 걱정마 무한히 있으니까. 우리는 시간에 속고 있다.

같은 속도로 흐른다.

아인슈타인의 상대성이론에서 속도에 따라서 시간이 달라진다. 우주선을 타고 빠르게 이동하는 사람의 시간은 지구에서 움직이지 않고 있는 사람보다 느리게 흐른다. 이 사실은 동일한 공간으로 도달할 때 속도가 빠르면 빠르게 도착하고, 속도가 느리면 느리게 도착하는 것으로 생각해볼 수 있다.

서울에서 부산을 가는 방법은 다양하다. A는 고속열차를 타고 부산역에 2시간 40분 걸려서 도착하고, B는 자동차를 타고 4시간 40분 걸려서 부산역에 도착했다고 하자. A와 B는 동일한 시간에 출발했을 지라도 A는 부산에서 2시간의 일을 더 할 수 있는 시간이 있는 것이다. 즉, A의 시간은 B의 시간보다 2시간 늦게 흐르는 것이다. 속도가 빠르면 시간이 느리게 흐르고, 속도가 느리면 시간이 빠르게 흐른다는 뜻이다.

고속열차

우리가 아인슈타인의 상대성이론과 특수상대성이론을 완벽하게 이해하지 못하더라도 시간이 동일하게 흐르지 않는다는 것은 경험상 알 수 있다.

자기가 좋아하는 사람과 같이 있을 때와 싫어하는 사람과 같이 있을 때를 생각해보면 시간이 같은 속도로 흐르지 않는다. 느낌적인 것이지만, 시간에 대한 인식은 과학적인 것 못지않게 감정에도 영향을 미친다.

시간 가는줄 모르는 사람과 만나는 것이 인생에 도움이 된다. 함께 있을 때 시간이 가는 것이 아까운 사람과 만나는 것은 행운일 수 있다. 반대로 시간이 정말 안가는 사람은 인생에 도움이 안되는 경우가 많다.

과학자들은 이러한 사실들을 인정하고 있다. 아인슈타인과 그 후의 사람들에 의해서 완벽하게 사고적, 수학적으로 증명된 것이다. 시간과 공간 및 변치않는 빛의 속도에 의해서 자연법칙이 정해져 있다는 것이다.

시간이 같은 속도로 움직이지 않는 것은 분명한 것 같다. 그렇지만, 아인슈타인 특수상대성, 일반상대성 들은 모두 이론이다. 예외없는 법칙은 아닌 것이다. 우리의 인생에 있어서 시간은 동일한 속도로 흐르지 않는다. 시간 자체가 변하거나, 체감되는 시간이 달라진다.

시간은 우리에게 늘 속삭인다. 시간은 평등하다. 누구에게나 공평하고 동일하게 흐른다. 조금만 쉬라고 한다. 남들처럼 시간을 보내라고 한다.

같은 방향으로 흐른다.

시간은 흐르는 방향이 있는가? 과거에서 현재로, 현재에서 미래로 흐르고 있는 것일까? 빠르게 이동하는 우주선을 타고 있다면 우주선 안에 있는 사람(갑)의 시간은 느리게 흐르고 있고, 지구에서 바라보는 사람(을)의 시간은 빠르게 흐르고 있다. 그렇다면 갑의 과거는 을의 미래일까? 과거일까?

우리의 시간은 과거라는 시간을 현재에 알 수 있는가? 과거의 흔적은 과거가 있었다는 것을 말한다. 과거가 현재에 영향을 미친다. 그렇지만, 현재에는 과거를 모른다. 아예 과거가 현재를 어

떻게 할 수도 없다. 과거시간에 누가 차지하고 있던 공간에 현재
어떤 사람이 와도 차지할 수 있다.

미래는 있는가? 우리가 내일이라고 부르는 날에 도달하면 우
리는 다시 오늘을 만나게 된다. 시간의 방향은 존재하지 않는다
고 하는 것이 옳은 것 같다.

타이핑을 치는 것은 시간의 방향과 무관하다.

타이핑을 치고 있는 필자의 손가락이 'ㄱ'자를 칠 때와 'ㅏ'자
를 칠 때의 시간은 차이가 있다. 'ㄱ'자를 칠 때와 'ㅏ'자를 칠 때
의 시간적 차이가 발생한다. 'ㄱ'자 칠때 시간에서 'ㅏ'자 칠 때의

시간적 차이로 방향을 가지고 있다. 이것을 방향이라고 말할 수 있는가? '가'자를 만들기 위해서 우리는 반드시 'ㄱ'을 치고 'ㅏ'를 쳐야 한다. 순서를 방향이라고 할 수는 없다.

현재는 'ㄱ'자를 칠 때의 과거와 'ㅏ'자를 칠때의 과거를 토대로 '가'자를 보고 있는 것이 아니라 현재 '가'자를 보고 있는 것이다. 즉, 시간은 방향이 없다.

힘을 연구하는 학문에는 스칼라와 벡터라는 개념이 있다. 스칼라는 단순히 크기만을 나타내는 단위이고, 벡터는 크기와 방향을 나타내는 단위이다. 시간은 스칼라로 취급된다. 스칼라는 크기만을 나타낸다.

나비에-스토크스 방정식을 풀때에는 3차원의 공간에서 유체가 움직이기 때문에 그 요소를 3개의 방향으로 나눠서 계산한다. 많이 배웠던 직교좌표인 'x', 'y', 'z' 방향으로의 각각의 속도 'u', 'v', 'w' 로 나타내어 속도방향 성분들을 분리하여 생각한다.

시간을 이렇게 분리할 수 없다. 시간은 방향이 있는 듯 하지만, 방향이 없다. 크기도 존재하지 않는다. 시점이 있을 뿐인데, 시점은 우리가 정한 시간대에서 정해지는 특정 순간을 말하는 것이다. 시간의 크기와 방향은 없다. 시간의 간격은 그 크기를 나타낼 수 있는데, 순서를 의미하기도 한다.

정지해 있는 시간은 아무것도 할 수 없다. 시간은 흘러야만 어떤 일을 할 수 있다. 엔트로피 법칙도 시간이 흘러야만 적용이 가능하다. 만화나 영화에서 보면 슬로우비디오가 나오거나, 어벤져스의 '퀵실버'는 자신이 무지 빠르기 움직이기 때문에 다른 모든 물체들이 거의 정지한 상태로 있는 듯한 장면이 많이 나온다. 상상이지만 재미있다. 아인슈타인도 상상으로 사고실험을 하였다.

시간이 흐른다는 것이 어떤 방향으로 흐른다는 것은 아니다. 유체가 흐르는 것과는 차이가 있다. 유체는 물리적인 3차원 공간에서 중력의 방향으로 흐르지만, 시간은 흐르지만 방향이 존재하지 않는다. 과거에서 현재 현재에서 미래로만 흐르지 않는다는 것이다. 아인슈타인의 상대성 이론에 따르면 개인마다 과거, 현재, 미래가 상대가 바라보는 위치나 상태에서 달라진다.

　시간은 우리에게 늘 속삭인다. 시간은 과거에서 미래로 일정 방향으로 늘 흐른다. 역행할 수 없다. 시간의 방향을 거스를 수는 없다. 우리의 과거의 상처도 어쩔 수 없다. 포기하고 시간에 순응해라.

시간이 지나면 모든 것을 해결해 줄 것이다.

야 ! 상처는 시간이 지나면 다 나을꺼야 라고 충고하는 사람이 있다. 시간은 존재하지만, 존재하고 있는 것을 잘 느끼지 못한다. 우리는 5초마다 숨을 쉬어야 한다. 시간이 계속하여 숨을 쉬게 한다. 숨을 쉬지 않으면 죽는다.

가만히 있는 상태에서 시간만 지나면 달라지는 것이 있을까? 한가지 동의할 수 있는 것은 '망각'이라는 것은 있을 수 있다. 망각은 뇌세포의 기억세포가 엔트로피 법칙에 의해서 무질서가 증가하여 잊혀지는 것이다. 위에서 말한 '시간이 지나면 다 나을꺼야'라는 말 속에는 잊어 버릴 꺼야 라는 말이 들어 있는 것이다

아침에 자고 일어
나고 놔둔 이불이 개어
져 있다. 엄마가 한 것
이다. 노동력을 들여서
엄마가 이불을 정리하
지 않은 이상 100일이
지나도 1000년이 지나
도 형클어진 이불은 그대로 있다. 이불을 이루고 있는 분자들도
엔트로피가 증가-안정화되면서 분해되고, 파괴된다.

쌓여 있는 쓰레기를 1억년을 두어도 그대로 쓰레기이다. 거기
에서 특별한 것이 발생하지 않는다. 쓰레기에서 더 좋은 쓰레기
가 되지도 않는다. 먼지가 쌓이고 분자들이 붕괴될 뿐이다. 쓰레
기를 놔두고 시간이 계속하여 몇억년이 흐르면 컴퓨터가 나올 수
있다는 말을 하는 사람들은 잘 돌봐줘야 한다. 가만히 있는 곳에
는 어떠한 행운도 발생하지 않는다. 우연이라는 것으로 발생하는
행운도 자연법칙에 의해서 시간이 가면 쇠퇴하거나 분해되어 없
어진다.

가만히 두면 가만히 있다. 무중력상태에서 멈춰있는 것은 계속하여 멈춰있다. 움직이는 것은 계속하여 움직인다. '계속하여' 라는 말은 시간이 흐른다는 것이다. 시간이 가만히 둔 것을 어떻게 하지는 못한다. 주위에서 어떤 일이 가해지지 않으면 계속된 상태는 그대로 계속된다. 작용반작용의 법칙이다. 무작용은 무반작용으로 엔트로피만 증가된다.

기체나 액체가 시간에 따라서 흐르면 혹시 무엇인가 대단한 일을 하지 않을까 하는 생각을 한다. 한 40억년 정도 흐르면 우연으로 무엇인가 생기지 않을까? 턱도 없는 생각이다.

기체나 액체는 시간이 흐르면 안정화 되는 것으로, 에너지 준위가 높은곳에서 낮은 곳으로 이동할 뿐이다. 수력발전은 어떤 특별한 누군가가 만든 장치가 유체가 흐르는 길에 놓여 있어야만 전기가 발생된다. 풍력발전은 어떤 특별한 누군가가 만든 장치가 기체가 흐르는 길에 놓여 있어야만 전기가 발생된다. 그런데 시간만 흐르는데 인간 같은 고등한 생물이 발생한다는 사람은 잘 돌봐주자.

아무것도 하지 않은 곳에는 아무일도 일어나지 않는다. 다만 파괴와 분해가 있을 뿐이다. 부지런히 미생물이 활동을 하거나, 풍화가 일어나서 나빠질 뿐이다.

어떤 에너지를 투여하지 않으면 시간은 아무것도 해결해 주지 않는다. 내가 시간을 따라서 움직이지 않으면 시간은 먼지 하나 없앨 수 없다. 먼지를 만들 뿐이다. 시간이 할 수 있는 일은 나빠지도록 하는 것이다. 결국 나빠지는 것이 안정화 된다는 의미이다. 시간은 무질서도만 증가시킬 뿐이다.

시간은 우리에게 늘 속삭인다. 가만히 있으면 해결될 꺼야 그러니 그냥 가만히 있어. 적당히 서서 기다려라. 포기하고 기다려라.

오래되면 가치가 있어진다./좋아진다.

　시간에 대해서 속는 것 중에 하나는 시간이 가면 좋아질 것이라는 것이다. 시간은 위에서 살펴본 바와 같이 유기체, 무기체, 동물 및 생물에게 절대적으로 유리하게 흐르지 않는다. 호의적이지도 않다. 파괴, 소멸 및 죽음으로 끌고 가고 있다.

　오래되고 가치있는 물건이나 제품들을 골동품이라고 한다. 골동품은 시간이 지나면 가치가 있어지는데 그 이유는 무엇인가? 희소성, 희귀성 때문에 금전적, 문화적 가치가 상승하는 것이다. 시장질서와 같은 것이다. 시간이 지나게 되면 골동품이 세상에서 자꾸 없어지기 때문에 가치가 올라가는 것이다. 더 좋아진다는

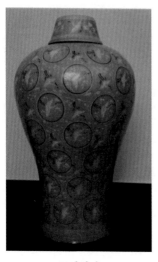

고려청자

것은 아니다. 골동품 자체로 보면 시간이 지나면 먼지만 쌓인다. 잘 부서질 수 있을 만큼 망가진다.

시간이 흐른다는 것은 점점 안정화되어 가는 것이고, 안정화 되어 간다는 것은 분자 구조가 매우 안정화 되는 것을 의미한다. 반감기도 여기에 속한다. 탄소 14의 반감기 또한 안정화 되는 것으로 엔트로피가 증가하는 것이다. 시간이 오래 흘렀다고 그 속성이 달라져서 특별히 다른 일을 할 수 있는 것이라고 생각하지말라. 시간은 그냥 흘러가면서 무질서도를 증가시킨다.

우리가 건물을 높이 쌓아서 지으면 맨 위에 있는 것은 자꾸만 아래로 떨어지려고 한다. 그러면 맨 위에 있는 분자들이 중력에 의해서 계속 낮아지려고 한다. 이것이 오랜 시간이 지나가게 되면 분자들간의 결합을 깨고 겉에 있는 것부터 차례로 붕괴하면서 먼지로 떨어져 나가게 된다. 엔트로피가 증가하는 것이다.

시간이 오래간다는 말은 모든 물질들의 상태가 나빠진다는 것이다. 자연으로 돌아가는 것과 같은 것이다. 분자화되어 결국 원자화 되도록 한다. 그렇다면 왜 오래된 골동품을 보고 사람들은 감탄과 경외를 금치 못하는 것일까? 단순히 가격이 비싸서 그런 것인가?

우리는 마음 한구석에 무엇인가 부족한 것이 있다. 채워도 채워지지 않은 어떤 공허함들이 인생을 살아가면서 있다. 누구에게나 있다. 홀로 있을 때를 생각해 보라. 결국은 허무함으로 이어진다. 허무함으로 공간을 가득메우다 보면 죽음을 생각하게 된다. 이럴 때 우리는 신을 생각한다.

우리는 - 너무 일반화에 오류인가? - 보통 사람들은 시간이 오래되면 그 물건 이나 사물에 신이 깃든다라고 생각한다. 이를 숭배 하기까지 한다. 1000년이라는 세월을 우리는 상상도 못하기 때문에 신라시대의 유물에 무엇인가 깃들어 있다고 생각한다. 다시 말하면 신이다. 신이 있다고 생각한다. 꼭 그렇다고 말하지 않더라도 뭔가 조심하게 된다. 세월앞에 경의를 표하게 된다. 그랜드캐년에 가서 쌓여있는 지층들을 바라보면 '오 위대한 세월의 흔적들이여' 하면서 경외감에 빠져든다. 그랜드캐년이 정말 수백 억년에 걸쳐서 만들어진 것인지 정확하지 않음에도 말이다.

오래되면, 시간이 많이 경과하면 나빠진다. 그 구조가 깨어지고 무질서도가 증가 한다. 이러한 사실은 자연법칙이고 절대로 깨어지지 않는다. 지구상에서 이것을 거스르는 생각을 하는 것은 큰 오류를 범하는 것이다. 오래된 골동품은 먼지만 쌓여 있거나 곧 부서질 것이다. 그 이상의 가치는 금액적 가치외에는 없다.

시간은 우리에게 늘 속삭인다. 시간이 가면 좋아질 꺼야. 앞으로 더 건강해질 꺼야. 시간은 네편이야.

시간은 우리를 늘 속이고 있다. 자연법칙의 질서에 따라서 우리를 계속하여 망가뜨리면서 시간에 기대하게 만든다. 마치 무한하고, 능력이 있어서 신비한 것이 깃들 만큼 대단한 것이어서 마치 우리 편이 되어주는 것 같이 흐른다. 시간은 우리에게 우호적이지 않다.

part 3

미래는 없다.

자연법칙 시간에는 미래가 없다.
내일에 도달하면 현재에 가있다.
우리는 미래에 도달할 수 없다.
그러므로, 미래는 없다.

시간은 우리에게 미래가 있는 것 같이 속삭인다.

절망과 파괴만이 시간이 하는 일이다.

과연 시간에는 미래가 있는가? 우리는 미래에 도달할 수 없다. 미래는 우리의 상상속에 존재하는 시간이고, 실제적인 자연법칙에서는 시간이 미래를 가지고 있다. 우리는 도달할 수 없다.

시간은 우리에게 절대적인 자연법칙을 부여함과 동시에 상대적인 개인차를 만들어 내면서 흘러간다. 우리는 시간이 절대적이고 공평하게 흐르기를 기대하지만, 시간은 절대적으로 공평하거나 호의롭지 못하다. 오히려 적대적으로 흐른다고 생각하는 것이 더 옳다.

시간이 흘러가면서 생기는 엔트로피의 증가는 우리를 분해하고 노화시킨다. 우리의 내일은 없다. 내일이라고 생각하고 거기에 도달하면 현재가 된다. 우리에게 희망은 있는 것인가? 내일을 위해서 달려간다고 하지만, 결국은 내일은 없다.

악마가 인간을 타락시키고, 아무일도 하지 못하게 하는 가장 좋은 수단은 '내일 해'라는 것이다. 왜냐하면 내일은 없기 때문이다. 내일이 오면 우리는 그 만큼 망가져 있고, 무질서 해져 있다. 더 망가진 현재를 사는 것이다.

꿈, 희망

당신의 꿈은 무엇인가? 현대를 살아가는 많은 사람들이 꿈을 잃어간다고 한다. 여기서 말하는 꿈은 무엇이 되고 싶은가이다. 무엇이 된다는 것은 얼마나 늙었냐라는 것이 아니라 어떤 사회적, 경제적 위치에 있느냐는 것이다. 분명히 말하지만 시간은 얼마나 늙었냐 만을 정의하고 이를 실현시킬 수 있다.

꿈은 내일이 있어야 가질 수 있다. 자연법칙 시간에서는 내일은 없다. 우리는 현재를 산다. 우리가 생각하는 꿈은 현실성이 없이 계속 먼 미래에 존재한다. 미래도 존재하지 않는다. 우리의 삶에는 항상 현재 만이 존재하고, 현재는 금방 과거가 되어 버린다. 그래도 한가지 분명한 사실은 우리는 매일 망가지고 있다는 것이다.

현 세대는 꿈이 없이 살아가는 세대라고 다들 걱정한다. 꿈이 없는 것일 까, 꿈을 꿀 수 없는 것일까? 아니며 아예 꿈이 존재하지 않는 것일까? 미래가 없다면 꿈도 있을 필요가 없는 것이다. '내일 지구가 멸망해도 나는 한그루의 사과나무를 심겠다'라는 말이 있다. 무슨 의미가 있는가? 아무런 의미가 없다. 내가 현재 사는 것과 미래의 꿈과는 너무나 거리가 멀어서 생각할 수도 없다.

현재 행복하지 못하다고 생각하는 사람들이 더 많다. 그럼 내일은 행복해질 수 있는 것인가? 내일은 없다. 행복해질 희망은 없다. 아무리 행복해지기 위해서 꿈을 가진다 하더라도 우리는 그 꿈에 도달 할 수 없고, 시간은 내편이 아니라 망가지는 쪽으로만 속절없이 흘러간다.

미래

내일이 없다면 미래도 없다. 자연법칙에서는 현재만 존재한다. 현재는 결코 미래를 만들어 낼 수 없다. 꿈이 없다면 미래도 없다. 꿈이 없다는 것은 희망이 없다는 것이고, 미래가 없다는 것이다. 현재라는 시간 속에 갇힌 우리는 무기력하다. 미래에 도달할 수 없기에 현재를 힘겹게 살아간다.

가장 담보된 미래는 우리는 죽는다는 것이다. 가장 확실한 예언은 100년 후에 우리의 대부분은 이땅의 자연법칙을 따르는 부분 - 몸둥아리는 죽는다. 미래에서 우리의 후손들이 다시 현재를 살게 될 것이다.

미래만 바라보고 사는 사람들이 있다. 진정 그 때가 되면 다시 현재가 될 것인데 없는 미래를 위해 현재를 무시하는 것이다.

현재 옆에 있는 사람을 사랑해라. 미래에 남편 또는 부인이 될 사람을 위해서 오늘 사귀고 있는 사람의 단점을 찾아서 불행해 하지 말았으면 한다. 현재의 그 사람이 다시올 현재의 남편이나 부인이 될 수 있다.

보지도 못한 미래를 위해서 현재를 무조건 희생하지는 말자. 열심히 공부하거나, 열심히 돈을 모으거나 하면서 현재를 무시하면 안그래도 없는 미래에 더 나쁜 현재만 다가온다.

수많은 SF영화들은 희망찬 미래를 이야기 하고 있지 않다. 우리가 은연중에 생각으로 그런 나쁜 미래는 안올 것이다라고 생각한다. 미래는 없다. 단지 다시 다가올 현재가 있을 뿐이다.

건강

　스포츠를 좋아하는 사람은 시간이 무한이 존재하는 것처럼 살아간다. 늘 건강하게 무한한 시간동안 살아갈 수 있다고 생각한다. 죽음은 나에게서 멀리 있는 것 처럼 생각한다. 아니 죽음을 부정한다. 엔트로피법칙에서 우리는 매일 죽음을 향해서 달려간다. 선조들은 80~120세까지 살았다. 당신의 삶에는 얼마나 많은 시간이 남아 있나? 그중에서 건강이 얼마나 버틸 수 있는지를 생각해 보아야 한다.

　필자의 지인으로 일본여자골프대회에서 40번 우승하고, 미국
여자골프대회에서 1번 우승을 한 구옥희씨가 있다. 현재는 운명
을 달리하였지만 늘 건강하고 활기찬 분이었다. 50대가 되어서는
급격한 건강의 이상이 있어서 한국으로 돌아왔다. 한국으로 돌아
와서 한국여자골프협회에서 회장을 역임하고 활동을 해왔다. 어
느날 일본으로 골프치러 갔다가 심장마비로 죽었다. 젊을 때 너
무 많은 운동량으로 모든 기관들의 산화가 많이 진행되었다. 빠
르게 노화된 것이다. 60을 넘기지 못한 57세의 나이에 운명을 달
리한 것이다.

스포츠를 좋아하거나 많이 하는 사람들은 그만큼 호흡량이 많고, 호흡량이 많다는 것은 산소가 온 몸에 많이 돌아서 산화가 빨리 일어난다는 것이다. 다시 말해 빨리 노화된다는 것이다. 운동이 건강의 기준이 된 요즈음에는 운동을 많이 하면 빨리 산화되어 죽는다는 기본적인 이야기가 잘 통하지 않는다. 근육을 크게 만들고, 매일 규칙적인 운동을 하면 건강해 지지만, 노화는 빨리 된다. 그래도 죽는 날이 정해져 있다면 우리의 노력으로 그때까지는 건강하게 살수 있으니 운동도 열심히 해야한다.

죽는 날이 당겨지는 것이 아니라, 건강이 악화되어서 죽는 날까지 고생한다는 표현이 맞다. 우리의 운명은 신적인 존재가 정해놓은 것이다. 담배를 피지 않는 것은 죽는 날을 재촉해서가 아니라 죽는 날까지 건강하게 살아갈 수 있도록 하는 노력인 것이다.

우리는 엔트로피법칙에 의해서 끊임없이 붕괴되고, 세포가 끊임없이 재생산되다가 재생산되는 속도가 붕괴되는 속도를 서서히 따라가지 못하여 늙게 된다. 외부에 있는 피부와 내부에 있는 장기까지 모든 세포가 재생되지만, 점차적으로 그 회복속도가 떨어진다. 역시 운동은 장수를 담보하지 않는다. 건강에는 미래가 없다. 어떤 병에 걸려서 회복된다는 것은 죽을 시간을 더 늘린다는 의미가 아니고 그 병에서 회복되었다는 것이다. 시간이 주장하는 노화는 거스를 수 없이 여전히 죽음으로 향해 달려간다.

part 4

두 개의 시간

우리는 두개의 시간을 가지고 있다.

자연법칙 시간

정신적 시간

자연법칙 시간에는 미래가 없다.

정신적 시간에는 미래가 있다.

시간은 공간을 지배한다.

시간이 있는 곳에는 공간이 항상 존재한다.

두 개의 시간은 우리에게 기회를 준다.

우리는 두 개의 시간을 가지고 있다. 정신적 시간과 자연법칙 시간이다. 자연법칙 시간은 정신적 시간을 지배하지 못한다. 인간이 가지고 있는 유일한 정신(spirit)은 개인적인 것이고, 그 누구도 이것을 빼앗아 가지 못한다.

간혹 애완동물을 자식과 같이 생각하고 마치 정신이 있는 것 같이 생각하는 사람들이 있다. 지능이 있다고 정신이 있는 것은 아니다. 지능은 동물들에게도 있다. 지능은 식물에게도 있다. 유전적 DNA에서 부터 물려받은 지능은 학습을 통해서 발전되기도 한다. 그렇지만 정신은 아니다.

인간이 유일하게 정신을 가지고 있다. 코끼리가 아무리 똑똑해도 지능이 높은 것이지 정신은 없다. 인간이 코끼리를 지배하는 것을 보면 알 수 있듯이 지능은 정신을 지배할 수 없고, 통제할 수도 없다. 결국 우리는 지능을 가진 동물들 보다 월등히 우월한 존재이다. 우리는 동물들로 부터 진화한 것이 아님이 분명하다.

인간만이 유일하게 정신을 가지고 있고, 이러한 정신은 정신적 시간이라는 독특한 시간대를 지배할 수 있다. 정신을 지배하면 그 사람을 지배하는 것이다.

1944년에 조지쿠커 감독이 만든 '가스등'이라는 영화가 있다. 가스등은 보석을 차지하기 위해서 한 사람을 정신병자로 만드는 이야기이다. 여기서 한 사람을 정신병자로 만드는 '가스라이팅'이라는 용어가 나온다. '가스라이팅'을 당한 사람은 자신의 정신을 타인에게서 지배받는다는 것이다. 정신을 지배당하면 정신적 시간도 지배당하게 된다. 결국 정신적 시간이 지배당하면 자연법칙 시간도 지배당하여 아무것도 할 수 없게 된다.

개통령인 '강형욱'은 '개는 개 취급하여야 한다'라고 말한다. 즉 개는 개라는 동물로써 대해야 한다는 것이다. 인간과 같이 동일한 정신이 있다고 믿고 대우를 하면 개는 스스로 개가 아니라고 생각한다. 지능만 있기 때문이다. 우리는 절대로 개가 될 수 없다.

시간과 공간

시간은 공간과 관련이 있다. 동일한 공간에 다른 시간에는 다른 사물이나 사람이 존재할 수 있다. 우리가 서울에서 부산을 갈 때 공간은 서울과 부산이지만, 동일한 사람이 다른 시간대에 존재하는 것이다. 시간의 변화는 공간의 변화와 연결된다.

정신적 시간은 공간을 마음대로 변화시킬 수 있다. 우리가 달에 있는 정신적 시간을 선정하면 우리는 달이라는 공간에 있게 된다. 우리가 바다 한가운데 있는 정신적 시간을 선정하면 요트 위에 있게 된다. 자연법칙 시간에서는 반드시 그 공간에 실제의 몸이 있어야 하지만, 정신적 시간은 정신만 그 공간에 있으면 되기 때문에 가능하다.

　정신적 시간에서는 자연법칙도 거스를 수 있다. 시간과 공간
은 연결된 것이다. 가만히 있지 않는 이상 우리는 시간의 흐름에
맞춰 공간을 이동한다. 어떻게 보면 우리는 가만히 있지도 못한
다. 고체도 내부 분자들은 서로 결합하면서 떨고 있으니 우리 몸
전체는 떨고 있다. 떤다는것은 공간이 이동하는 것이다. 시간이
흐르면 가만히 있어도 공간은 이동된다. 이렇게 떠는 것이 안정
화되는 것이 엔트로피법칙에 해당한다.

정신적 시간에서는 우리가 남자가 되었다가 여자가 되었다가 할 수 있다. 남자는 여자가 되어서 여탕에 들어가 보고 싶어한다. 여자는 남자가 되어서 군인이 되어보고 싶어한다. 정신적 시간대, 공간대에서는 가능하다. 남자가 정신적 시간에서 여자가 되었더라도 자연법칙 시간에서는 남자로 돌아와야 한다. 정신적 시간에 계속 머무르고 자연법칙 시간으로 돌아오지 못하는 사람들은 우리가 잘 돌봐야 한다.

자연법칙 시간에서 남자가 '난 여자가 되었어'라고 하면서 여탕에 들어간다면 감옥에 가야 한다. 여자와 남자는 성(sex)에 의해서 구별되는데 자연법칙 시간에서의 성은 두 개 밖에 없다. 인간에서는 말이다. 따개비 같이 암수가 자웅동체로 되어 있는 식물이나 동물은 자웅동체라는 다른 성이 있다. 또 성이 없는 것도 있다(무성생식). 이것까지 성이라고 한다면 동,식물에는 4개 정도의 성이 있다고 할 수 있다. 그러나 자연법칙 시간에서 인간은 두 개의 성(sex)밖에 없다.

자연법칙 시간에서 남자가 여자가 될 수 있는가? 여자가 남자가 될 수 있는가? 불가능하다. 정신적 시간에서는 가능하다. 이러한 정신적 시간을 자연법칙 시간에 끌고오는 사람이 있다면 잘 돌봐줘야 한다. 자연법칙 시간에서 인위적으로 성(sex)을 변경하면 큰 위험이 따를 뿐만 아니라 역카르노처럼 제자리로 돌아가는 동안 무척 어려운 몸상태가 된다.

정신적 시간에서는 남자가 남자를 성적으로 사랑하고, 여자가 여자를 성적으로 사랑하는 것이 가능하다. 실제로 성행위를 하는 공간까지 이동할 수 있다. 그러나, 자연법칙 시간에 이러한 행위를 가져온다면 큰 문제가 발생한다. 억지로 자연법칙을 어기는 우를 범하지 않는 것이 신상에 좋다. 안그래도 자연법칙 시간은 우리를 계속 망가뜨리고 있다.

정신적 시간에는 미래가 있다.

꿈을 가진다는 것은 정신적인 것을 말한다. 시간은 정신을 지배하지 못한다. 정신적 시간 속에서 우리는 자연법칙 시간의 속박에서 벗어나서 자유롭게 성장하거나 새로운 것을 만들어 낼 수 있다. 우리는 특정 정신적 시간에 공간을 이동하여 가볼 수도 있다. 시간은 정신을 지배할 수 없지만, 정신적 시간은 우리가 지배할 수 있다.

과거의 꿈을 마치 현실처럼 꾸는 것과 같이 우리는 정신적 시간에서 과거에 가볼 수 있다. 최면치료는 이러한 시간을 이용하는 것이다. 정신적 시간을 이용하여 과거에 어떤 특정한 시점에 사람을 보내고, 거기 환경을 다시 경험해서 트라우마를 극복하도록 하는 치료를 최면치료라고 한다. 우리가 지배할 수 있는 시간이다.

정신적 시간에는 미래가 존재한다. 정신적 시간에서는 분명히 가능하다. 정신적으로 미래의 그 시점에 나를 가져다 놓을 수 있다. 미래를 직접 경험해 보기도 한다. 상상하는 것과 유사한 것이다. 하지만 그 시간에는 분명히 갈 수 있다.

로또 1등에 당첨되는 미래를 꿈꾸며 매주 로또를 사는 사람들이 있다. 정신적 시간인 로또 당첨의 미래를 위해 매주 돈을 투자하는 것이다. 로또를 사는  순간 정신적 시간은 이미 1등당첨의 미래에 가있다.

로스쿨에 입학한 학생들은 육법전서를 외우고 판례를 공부하면서(자연법칙 시간) 자신은 이미 판사, 검사 또는 변호사의 미래에 가있다(정신적 시간).

꿈은 우리가 정신적 시간을 정복할 때만 있다. 정신적 시간은 우리를 어떻게 가야 하는지를 설정할 수 있다. 정신은 정신적 시간을 통해서 자연법칙 시간을 어떻게 흘러가야 하는지는 설정할 수 있다. 정신적 시간에서 몸을 움직여서 자연법칙 시간을 이겨야 한다. 자연법칙 시간을 정신적 시간으로 끌고 와서 침대에서 일어나야 한다. 엄마의 등짝을 피하는 유일한 길이다.

정신적 시간은 할 수 있다.

　정신적 시간은 자연법칙 시간을 잘 컨트롤 하면서 미래를 준비할 수 있다. 정신적 시간에는 미래가 있기 때문이다. 가볼 수도 없는 미래를 위해서 현재를 투자하는 것은 어렵다. 그러나, 우리는 정신적 시간으로 미래에 그 장소에 미리 가 볼 수 있다.

　선생님이 꿈인 사람은 정신적 시간으로 정신적 장소인 미래의 학교로 가보라. 내가 무엇을 하고 있는지 명확히 보일 것이다. 장소에 가본다는 것은 정말 중요하다. 아이들과 소통도 해보라. 시간에 구애도 받지 않는다. 마음 껏 즐겨볼 수 있다.

　정신적 시간으로 달에 가보자. 우주선을 타고 이동하고 거기에서 우주인이 되는것이다. 달에서 몸무게가 15kg밖에 되지 않는 것을 느껴보는 것이다. 우주비행사가 꿈이라면 그 곳에 가보라. 발사를 몇초 앞두고 카운트다운을 하는 조정석에 하늘을 향해 앉아있는 곳에 직접 가보자. 우리는 꿈의 미래에 직접 갈 수 있다.

　자연법칙 시간에만 의존하여 달려가는 사람은 동식물과 다를 바가 없다. 코끼리가 미래를 위해서 자연법칙 시간을 통제하고 컨트롤 하는 것을 본 사람이 있는가? 곰이 겨울이 다가올 것을 알고 겨울잠을 미리 준비하는 지능을 갖춘 것과는 다른 것이다. 곰은 본래 DNA에 기억되어 있는 것을 순차적으로 수행할 뿐이다.

요즘은 대통령이 되는 꿈을 꾸지 않는다고 한다. 대통령이 되면 골치만 아픈 것을 알기 때문이다. 그렇지만, 정신적 시간을 조금만 이용하여 국군의 날 의장대에 서서 군인들의 도열을 바라보고 있는 장소에 가보자. 수많은 군인들이 나를 향해 경례를 올린다. 하늘에는 비행기들이 굉음을 내면서 곡예비행을 하고 대포들은 축포를 쏘아 올린다. 대통령이 되어보고 싶지 않은가?

제임스 카메론이 1989년에 제작한 어비스(abyss)를 보면 바다 깊은 곳을 탐사하는 장면들이 나온다. 영화는 외계인을 묘사한 SF영화이지만, 깊은 심연에서 일어날 수 있는 많은 일들이 나온다. 해양학자가 꿈이라면 정신적 시간을 이용해서 심연의 깊은 바다 속 잠수함에 나를 가져다 놓아 보자. 신비한 생물들에 둘러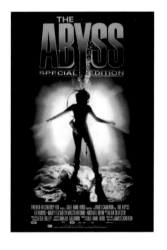쌓인 고요한 바다속에 있는 나를 발견한다. 자연법칙 시간에는 갈 수 없는 장소지만 미래의 장소에 정신적 시간은 언제나 갈 수 있다.

정신적 시간은 엔트로피가 감소하는 방향으로 흐를 수 있다. 아무것도 없는 곳에 새로운 것이 만들어지고 이것이 계속 증가해서 거대한 물질이 될 수 있다. 진화도 가능하다. 보다 나은 개체로의 진화는 정신적 시간에서 가능하다. 우리는 연료없이 비행할 수 있고, 중력을 이길 수 있으며, 숨도 쉬지 않아도 된다. 죽음은 없다.

정신적 시간은 자연법칙 시간이 끝날 때 함께 끝날까? 정신적 시간에는 죽음이 없다. 노화도 없다. 무엇이든 할 수 있다. 위에서 설명했듯이 정신적 시간에서 가능한 진화를 자연법칙 시간에서 가능하다고 하는 사람은 잘 돌봐줘야 한다.

정신적 시간과 비슷한 것이 게임이다. 게임의 시간이라고 해보겠다. 게임을 할 때 게임의 시간이 흐르게 된다. 나는 언제나 새로운 캐릭터로 탄생하고, 레벨이 상승한다. 시간이 지나가면서 건강이 좋아지고, 힘도 더 쎄지고 기술도 늘어간다. 엔트로피가 감소하는 것이다. 게임을 만들 때 프로그래머들은 자연법칙을 따라서 캐릭터와 사물들을 제작하지만, 자연법칙은 쉽게 무시된다. 필살기 같은 것은 거의 자연법칙과 관계가 없다. 죽어도 리스폰 된다. 다시 산다는 것이다. '

필자는 오버워치를 좋아한다. 레벨이 높다(닉네임 '엘켓'). 주 캐릭터는 공중에서 날아서 공격하는 파라인데, 파라는 중력을 이기기 위해서 제트슈트를 입고 있지만, 거의 중력을 무시하는 것처럼 날아 다닌다. 팔에 차고 있는 로켓론처를 통해서 로켓을 쏘면서 공격하고 6발의 로켓이 다 소진되면 리로드가 된다. 리로드 되는 것은 자연법칙을 따르는 듯 하지만 도대체 그 슈트 안에

몇개의 로켓을 싣고 다니는지 알 수 없다. 리로드는 무한정할 수 있다. 필살기는 어디서 나오는지 모르는 수많은 로켓들이 슈트에서 쏟아져 나온다. 게임의 시간에서는 모든 것이 가능하다. 간혹, 게임의 시간에서 벗어나지 못하고 자연법칙 시간까지 끌고 나오는 사람이 범죄를 저지르는 경우가 있다. 게임의 시간을 자연법칙 시간으로 가져오는 사람이 있다면 이 또한 잘 돌봐줘야 한다.

part 5

시간으로 시간을 지배하라.

정신적 시간으로 자연법칙 시간을 지배하라.

정신적 시간은 우리에게 우호적이다.
구체적인 꿈을 가지자.
정신적인 시간에서 꿈을 구체화하고
실제 그 현장에 가 보자

정신적 시간의 지배 정도의 차이가
동기들과 나의 현재를 차이나게 만든다.

정신적 시간으로 자연법칙 시간을 지배하라.
그러면 삶을 사랑하며 우리가 원하는
미래에 도달할 수 있다.

우리는 두 개의 시간속에 살아간다. 아침에 일어나서 현재를 맞을 때 우리는 두 개의 시간속에서 고민하면서 살아간다.

월요일 아침 우리는 시계를 보면서 빨리 출근해야하는데, 하면서 오늘 지구가 멸망하기를 기대한다. 자연법칙 시간이 무너지길 바란다. 정신적 시간은 끊임없이 나를 침대위에 있게 한다. 자연법칙인 몸무게가 나를 침대에 딱 붙어 있게 한다. 알람의 동요와 엄마의 등짝으로 자연법칙 시간에 돌아올때까지 이 싸움은 계속된다.

두 개의 시간은 다르게 흐른다. 그러나 두 개의 시간을 잘 맞추면서 살아야 한다. 안그러면 정신병원에 가거나 감옥에 가야할지도 모른다.

정신적 시간과 자연법칙 시간은 양립하는 것이 아니라 정신적 시간이 자연법칙 시간을 포함하는 것이다. 정신적 시간은 오로지 인간 만이 가지고 있고, 이러한 장점으로 우리는 자연법칙 시간을 각자 다르게 살아갈 수 있다.

이러한 정신적 시간의 지배 정도의 차이가 동기들과 나의 현재를 차이나게 만든다.

자연법칙 시간을 인정하라.

자연법칙은 그 누구도 거스를 수 없다. 엔트로피 법칙에 의해서 시간이 흐르면 우리는 노화되고 나빠진다. 모든 사물도 그렇게 된다. 힘이 있는 곳에는 반드시 변화가 있다. 열이 있는 곳에는 반드시 일이 발생한다. 우리는 이러한 자연법칙을 따를 수 밖에 없고, 맹신해야 한다.

자연법칙 시간을 맹신하는 것은 당연한 것이다. 믿지 않으면 죽는다. 그렇게 움직이기 때문이다. 뜨거운 용광로에 뛰어들면 자연법칙에 의해서 죽는다. 자연법칙 시간은 믿어야 한다.

'Y'염색체를 가진 남자라면 그것을 믿어라. 'X'염색체를 가진

여자라면 그것을 믿어라. 정신적 시간을 가져와서 자연법칙 시간에 적용하는 것은 매우 어리석은 일이다. 정신적 시간/공간에서는 많은 성이 존재할 수 있지만, 자연법칙 시간/공간에는 인간에게 두 개의 성(sex)밖에 없다. 선택이 아니라 믿어야 하는 것이다.

자연법칙 시간은 노화를 진행시킨다. 그대로 늙어가는 것이 좋다. 이것을 거스르려고 한다면 많은 시간과 노력이 필요하다. 그래도 결국 노화된다. 보톡스와 주름 제거를 매일 받아도, 건강식을 아무리 챙겨먹어도 노화를 멈출 수는 없다. 엔트로피 법칙이 적용되기 때문이다. 자연법칙 시간을 인정하자. 우리는 곧 죽는다. 앞으로 100년을 넘길 수 없다.

정신적 시간이 젊은 시절에 있다고 해서 이를 자연법칙 시간까지 적용시키고자 하는 사람이 있다면 잘 돌봐줘야 한다. 그렇게 되지도 않는다. 슈뢰딩거의 고양이 처럼 산 것도 죽은 것도 아닌 고양이는 자연법칙 시간에서는 존재하지 않는다. 양자역학까지 가져올 필요는 않겠지만, 슈뢰딩거의 고양이는 해당 시간에 확정할 수 없는 이론에 불과하지 결국 흐르는 시간에서는 죽은 고양이가 된다. 남자가 남자를 여자가 여자를 성적으로 좋아하고 유희를 즐기는 것은 정신적 시간에는 얼마든지 가능하다. 일부는 자연법칙 시간에도 가능하다. 그렇지만, 자연법칙 시간에 가능하더라도 자연법칙에 어긋나는 일임은 분명하다.

슈뢰딩거의 고양이(출처 : 구글검색)

우리는 자연법칙 시간을 인정해야 한다. 이기적이고, 파괴적인 자연법칙 시간을 인정하고 거기에 맞춰야 한다. 조정할 수도 없다. 우리의 인생이 자연법칙 시간을 인정할 때 삶이 겸손해 질 수 있다. 당신의 선조들을 보라. 우리는 선조들이 살아간 시간들을 계산하여 우리가 살아갈 수 있는 날들을 계수할 수 있다.

우리의 살아갈 수 있는 자연법칙 시간의 날수를 계산해보면 남은 시간을 어떻게 살아야 하는지 결정할 수 있다. 자연법칙의 시간은 사정을 봐주지 않는다. 붕괴와 파괴를 일삼으면서 그냥 흘러간다.

정신적 시간을 인정하라.

　　정신적 시간은 우리에게 호의적이다. 내가 컨트롤 할 수 있다. 정신적으로 아픈 사람에게도 정신적 시간은 존재한다. 일반적이지 않다고 해서 정신적 시간이 존재하지 않다고 말할 수 없다. 정신적 시간은 누구에게나 존재한다. 정신적 시간에 몰입한 나머지 자연법칙 시간을 제대로 살아가지 못하는 사람들도 많이 있다.

　　정신적 시간은 우리가 조정할 수 있다. 과거에 깊은 상처가 있다면 정신적 시간을 이용하여 과거의 시점에 가보라. 대면하는 것이 좋다. 상처에 대면하면 그 상처를 치유할 수 있다. 왜냐하면 정신적 시간에서는 자연법칙을 위배하면서 내가 마음대로 할 수 있기 때문이다. 우리는 상처에 대면하는 것을 두려워해서 대면조차 시도하지 않는다. 정신적 시간으로 상처받은 장소에 가서 직접 대면하고 상처를 치유하는 것이 좋다. 정신적 시간으로는 해결할 수 있다.

상처가 있다면 정신적 시간이 과거에 사로잡혀 갇히게 되고, 갇힌 정신적 시간으로 인해 자연법칙 시간을 그냥 흘러보내거나 이상하게 사용하게 된다.

정신적 시간이 과거에 갇혀 있으면 자연법칙 시간 또한 흘러가지 않는 것처럼 살아간다. 그렇지만 냉정한 자연법칙 시간은 흘러간다. 결국 죽음에 이르게 한다.

가수 아이유의 노래 중에 '너랑 나랑은'이라는 노래가 있다. 이 노래의 가사 중에 ' 너랑 나랑은 지금 안되지 / 시계를 더 보채고 싶지만 / 네가 있던 미래에서 / 내이름을 불러줘' 라는 부분이 있다. 시계를 더 보채는 것은 정신적 시간으로 조정할 수는 있지만, 자연법칙 시간에서는 어렵다는 것을 나타낸다. 작사자는 네가 있던 미래에 가보고 싶어서 정신적 시간에서 내 이름을 불러달라고 이야기 하고 있다.

정신적 시간은 우리에게 매우 중요하다. 인간을 더욱 인간 답게 하는 시간이다. 정신적 시간이 없다면 동, 식물과 다르게 없다. 정신적 시간은 우리를 신의 영역까지 가도록 해준다. 짧은 시간에 오랜 정신적 시간동안 천국과 지옥을 다녀온 사람도 있다. 정신적 시간을 인정해라. 지극히 합리적이라고 생각하는 사람도 죽음이 다가오면 두손 모아 빌게 된다. 자연법칙 시간의 끝이 죽음이라면 정신적 시간의 끝은 죽음이 아니게 해달라고 빌게 된다. 정신적 시간을 믿어라.

정신적 시간으로 자연법칙 시간을 지배하라.

시간으로 시간을 지배하라. 정신적 시간과 자연법칙 시간은 우리에게 늘 존재한다. 정신적 시간은 우리가 원하는 곳으로 데려다 주기도 하고 우리가 주관적으로 설정하여 변경할 수 도 있다. 거꾸로 갈 수도 있다. 자연법칙을 무시할 수도 있다.

태어나서 죽음까지 우리는 존재의 가치와 인생의 의미를 끊임없이 생각하고 자신만의 정신적 시간을 구성하면서 성장한다. 존재의 가치를 정신적 시간에서 설정하지 않는 사람은 사람이 아니다. 동,식물과 같이 단순히 지능만이 존재하고, 태초부터 가지고 있던 DNA에 기록되어 알 수 있는 지능만을 사용하는 짐승이 된다.

정신적 시간을 설정하고 조절하는 것은 대단히 중요하다. 짧은 시간으로도 자연법칙 시간의 몇배의 일들을 할 수 있고 만들어 낼 수 있다. 정신적 시간에서 특정 미래를 설정하고, 그 미래를 위해 어떻게 해야하는지를 구체적으로 계획을 세울 수 있다. 내일도 가보고 1년 후도 가보고, 내가 도달할 미래에 가보는 것이다. 가보면 알 수 있다. 내가 왜 이렇게 계획을 세워야 하는지 말이다.

방송을 할 때에는 큐시트를 만든다. 큐시트란 시간대별로 만들어진 순서와 각 순서에 필요한 장비들의 사용규칙 및 담당자를 초단위로 상세하게 기록한 시트이다. 시트를 제작할 때 제작진들은 꼼꼼히 방송내용에 맞는 시간과 전환 및 스텝들의 상태를 미리 계획하고, 실제 방송을 하는 것 같이 일일이 생각하여 작성한다. 큐시트가 틀리면 방송이 잘 되지 않는다.

정신적 시간에서 우리는 미래의 꿈의 시점에 도달하는 큐시트를 작성해야 한다. 큐시트는 매우 꼼꼼하게 계획하는 것이 중요하다. 꼭 어떻게 쓰라는 것은 아니다. 밤에 자기전, 아침에 일어나자말자 의 짧은 시간이라도 미래의 꿈에 대한 현재의 계획을 꼭 챙겨야 한다. 이러한 계획을 챙기게 되면 정신적 시간이 자연법칙 시간을 제어하게 된다.

시 간	내 용(곡 명)	담 당	음 향	조 명	등, 퇴장	비 고
16:30 (5')	1. 주일 & 새벽 찬양팀 ▸ 우리 주 안에서 노래하며		성가대 Mic / 2개 무선 Mic / 7개	B.O Cue 105.1 ~ 107.5		가사자막 게재
16:35 (3')	▸ 대표기도		무선 Mic / 1개	Cue 105		
16:38 (2')	▸ 환영 및 케이크 컷팅식 ▸ 사회자 소개		무선 Mic / 1개	Cue 105		케이크, 성찬카트, 컷팅칼
16:40 (2')	▸ 사회자 인사		무선 Mic / 2개	Cue 105		
16:42 (5')	2. 새로운 챔버 ▸ 주께서 전진해 온다 1st Violin(2) 2nd Violin(1) Viola(3) Cello(2)Piano(1)		챔 버 Mic / 6개 피아노 Mic 보면대 4개 의 자 2개	B.O Cue 105.1 ~ 107.5		가사자막 게재
16:47 (2')	▸ 영상					
16:49 (5')	3. 1부 성가대 ▸ 내 영혼에 햇빛 비치니		성가대 Mic / 2개 피아노 Mic / 1개	B.O Cue 105.1~ 107.5		가사자막 게재
16:54 (2')	▸ 사회자 멘트		무선 Mic / 2개	Cue 105		
16:56 (5')	4. 남성중창단 ▸ 교회		성가대 Mic / 2개 피아노 Mic / 1개	B.O Cue 105.1~ 107.5		가사자막 게재
17:01 (5')	5. 2부 성가대 & 국악(장구 꽹과리) ▸ 이 눈에 아무 증거 아니뵈어도		성가대 Mic / 2개 챔 버 Mic / 2개 피아노 Mic / 1개	B.O Cue 105.1~ 107.5		가사자막 게재 국악 악기 세팅
17:06 (3')	▸ 사회자 멘트		무선 Mic / 2개	Cue 105		
17:09 (7')	6. 뮤찬 ▸ 하나님만을 찬양해 ▸ Adonai		MR	B.O Cue 105.1~ 107.5		가사자막 게재
17:16 (4')	7. 3부 성가대 ▸ Praise his holy name		성가대 Mic / 2개 피아노 Mic / 1개	B.O Cue 105.1~ 107.5		가사자막 게재
17:20 (3')	▸ 사회자 멘트		무선 Mic / 2개	Cue 105		
17:23 (5')	8. 여성중창단 ▸ 주의 손에 나의 손을 포개어		AR 성가대 Mic / 2개	B.O Cue 105.1~ 107.5		가사자막 게재
17:28 (5')	9. 4부 성가대 ▸ 일어나라 빛을 발하라		성가대 Mic / 2개 무 선 Mic / 1개 피아노 Mic / 1개	B.O Cue 105.1~ 107.5		가사자막 게재
17:33 (2')	▸ 사회자 멘트		무선 Mic / 2개	Cue 105		
17:35 (4')	10. 지휘자 연합 ▸ 넉넉히 이기느니라		무선 Mic / 4개 피아노 Mic / 1개	B.O Cue 105.1~ 107.5		가사자막 게재
17:39 (3')	▸ 사회자 멘트		무선 Mic / 2개	Cue 105		
17:42 (10')	11. 교역자 콩트 ▸ 불의 전차		무선 Mic / 2개	B.O Cue 105.1 ~ 107.5		영상 및 음원 테이블 +의자 2개 마이크커버 2개 (빨간색, 노란색)
17:52 (5')	▸ 찬양 성도들이 행진할 때 + 우리에겐 소원이 하나 있네		무선 Mic / 2개	B.O Cue 105.1~ 107.5		가사자막 게재
17:55 (2')	▸ 마무리 및 축도		무선 Mic / 1개	B.O Cue 105.1~ 107.5		
17:57	▸ 광고		무선 Mic / 1개	Cue 109		

큐시트 예

꿈에 도달하기를 준비하는 사람은 술 마시기를 자제할 것이다. 정신적 시간이 술에 의해서 날아가고, 더불어 자연법칙 시간은 자기 멋대로 나를 망가뜨리면서 가버린다. 정신적 시간이 성적인 것에만 빠져 있다면 자연법칙 시간은 인식도 못한 채 날아가버린다.

게임의 시간도 마찬가지다. 우리가 게임의 시간에만 빠져 있다면 정신적 시간에서 세워놓은 계획은 완전히 사라지고, 가보고 설정했던 미래도 점점 희미해진다. 역시 자연법칙 시간은 속절없이 흘러버린다.

정신적 시간이 올바르게 설정되고, 이에 대해 확신을 가지면 자연법칙 시간은 정신적 시간에 눈치를 보면서 흘러간다. 그 자연법칙 시간은 온전히 우리의 것이 된다. 정신적 시간의 지배는 곧 자연법칙 시간의 지배를 의미한다.

그러나 정신적 시간을 아무리 잘 설정해놓아도 구체적이지도, 실현할 수도 없는 계획을 설정한다면 이는 미래를 잘못 갔다 온 것이다. 미래의 꿈을 확실히 경험해 본다면 그 꿈을 위한 정신적 시간의 계획은 구체적일 수밖에 없다.

우리는 정신적 시간으로 꿈을 정확히 설정하자. 미래에 꿈의 현장에 가보자. 그리고 구체적인 계획을 설정하자. 그러면 자연법칙 시간이 자연스럽게 미래에 현재를 데려다 줄 것이다.

자연법칙 시간은 당신의 어떠한 것도 해결하지 못한다. 다만, 정신적 시간을 지배하면 자연법칙 시간을 지배할 수 있다. 시간으로 시간을 지배할 때 삶을 사랑하며 죽기전에 우리가 원하는 미래에 도달할 수 있다.

< 에필로그 >

어느 덧 나이가 50개를 카운트하고 있다. 흘러간 시간을 어떻게 썼는지 잘 모르겠지만, 오늘에 이르고 보니 하루를 산 것 같다.

미래는 없는 것이 확실하다. 오늘 아니 현재만 있다. 나의 오늘은 수많은 자연법칙 시간이 쌓여서 된 것이지만, 자연법칙 시간만으로 이루어진 것은 아닌 것 같다.

무엇인가 꿈을 꾸고, 이루려고 했던 수많은 일들과 행위들은 현재의 나와 무슨 관계가 있는가? 현재의 나의 위치와 상황들과는 무슨 상관이 있는가?

푸른 수박 밭이 내려다 보이는 오두막에 앉아서 꿈꾸던 어릴 적 나의 꿈은 현재 기억도 나지 않는다. 그렇지만, 매일 꿈꿔왔던 내일들이 쌓여서 오늘에 이른 것은 확실하다.

비행기를 만들고자 했던 꿈은 인공위성을 연구했던 고등기술 연구소에서 이루었고, 행복한 삶은 사랑하는 아내와 아이들을 통해서 이루어졌다.

이제 무엇을 꿈꿀 것인가? 나의 정신적인 시간을 원하는 또 다른 시간대와 공간대에 가져다 놓아야 한다. 내일의 현재를 멋지게 살고 또 다시 원하는 미래가 현재가 되도록 정신적 시간을 설정해야 한다.

오늘을 함께 살아가는 동시대 세대들(나이는 관계없다)에게 미래의 꿈을 향한 정신적 공간대에 정신적 시간을 잘 설정하여 자연법칙 시간을 확실히 지배하기를 바란다.

다가올 미래의 오늘에 꿈꾸던 모습으로 만나길 소망한다.